허세라서
소년이다

허세라서 소년이다

김남훈 지음

우리학교

차례

버전 0.9 그 찬란함에 대하여

어쩌면 소년들에게 이런 책은 필요 없을지도 몰라. 아니, 필요 없어야 하지 않을까. 물론 이 책은 아주 훌륭해. 내가 쓴 글을 다시 읽어 봐도 정말 훌륭해. 책 자체가 나쁘다는 게 아냐. 아주 좋아. 다만 어떤 시절을 먼저 지나온 이의 조언을 듣고 노력하는 것만으로 꿈을 이룰 수 없는 세상, '이런 세상을 만든 것'이 인생 선배로서 미안하다는 게 더 정확한 표현일 거야.

대학에 다닐 때 조금이나마 돈을 벌어 보려고 PC 조립 아르바이트를 한 적이 있어. 용산 등지에서 부품을 사다가 조립해서 파는 거지. 내 고객 중엔 집에 아이가 있는 사람들도 있었는데, PC를 설치해 줬던 집에 이런저런 A/S 때문에 다시 방문해 보면 깜짝 놀랄 때가 많았어. 키보드 몇 번 마우스 몇 번 누르면 이런저런 화면이 나오는 걸 신기해하고 게임이 실행되는 모습에 호기심을 보이며 이거저것 막 누르던 꼬맹이들이, 한두 달 정도 지나고 가 보면 정말 능숙하게 PC를 사용하고 있는 거야. 원래 PC 주인인 아빠보다 더 잘 쓰는 경우도 있었어. 왜 아이들은 PC를 빨

리 익힐까. 그건 '시스템 페일러'에 대한 공포감이 없기 때문 아닐까. 어른들도 호기심은 있지만 혹시라도 잘못될까 봐 천천히 알아보고 조심스럽게 접근하지. 하지만 아이들은 그런 공포감을 느끼지 않아. 실패에 대한 두려움에 짓눌리지 않고 이것저것 경험해 보고 도전해 본 시간들이 미지의 세계에 대한 아이들의 영역을 넓혀 준 거야.

요즘 시대를 살아가는 우리가 미지의 세계에 무모하게 도전하기에는 안타깝게도 장벽이 너무 많아. 카세트테이프로 영어 공부를 하고 비디오테이프로 영화를 봤으며 전화선으로 PC 통신을 했던 나 같은 어른들이 만약 제대로 된 세상을 만들었다면 어땠을까. '대학 갈래 공장 갈래'라는 말 들어 본 적 있어? 이게 무슨 소리냐고? 유머 게시판에 올라왔던 어떤 학교 급훈이래. 저 여덟 글자처럼 불안과 공포를 잘 묘사하는 문장이 있을까. 직업의 귀천을 정해 놓고 너희들은 인생에서 성공과 실패의 갈림길에 있다고 압박하잖아. 인간의 뇌는 안전을 최우선으로 하지. 그렇기 때문에 불안과 공포를 느끼면 그걸 해소하기 위해서 에너지를 집중해. 때론 자유 의지를 침해하는 무리한 요구라도 불안이나 공포를 해소할 수 있다면 기꺼이 받아들이게 돼. 하지만 이런 일이 반복되면 판단력이 흐려지고 쉽게 피곤함을 느끼며 무엇보다도 창의력이 사그라들고 말지. 그냥 그 자리에 안주하게 되어 버리는 거야.

8

숙모가 버린 토마토 캔으로 모터사이클 카뷰레터를 만들었던 윌리엄 할리와 아더 데이비슨, 그저 남는 시간에 뭐하면 좋을까 고민하다가 뭐에 쓸지도 모를 컴퓨터를 만들었던 스티브 잡스와 워즈니악. 이 사람들이 하루하루를 살아가기 위해서 육체적, 정신적 압박을 받았다면 저런 창의성을 발휘할 수 있었을까. 미국에 가서 이들이 '놀면서 시간을 보냈던' 창고에 가 본 적이 있어. 크더라. 집에 여유도 있고 여러 가지 아이디어를 떠올리고 실천하는 데 자유롭게 쓸 시간이 있다 보니 저런 창의성을 발휘

할 수 있었던 거야. 물론 전문 지식을 쌓기 위해선 지루하고 고단한 코스를 밟아야 하겠지만, 그 모든 것을 머릿속에서 조합해 이 세상에 없던 '새로운 하나'를 만들어 내는 것은 놀이 본능을 통해서야.

우리는 대체 언제쯤이 되어야 그런 여유를 느껴 볼 수 있을까. 대학에 들어가도, 아니 좋은 대학을 나와도 처우가 좋은 직업을 가지기 어렵고 설사 그런 직업을 갖게 된다고 하더라도 언제 구조 조정을 당할지 모르는 세상. 그래, 현실은 냉혹하지. 이런 현실을 떠올리면 내가 하는 이런저런 말들이 혹시나 소년들에게 또 다른 짐을 지워 주는 것은 아닌지 마음이 복잡해지곤 했어. 그런데 말이야, 소년. 이런 세상에서도 너는 원래 창의력과 모험심, 그리고 도전하고자 하는 마음으로 이루어진 존재라는 걸 잊지 마. 노력해도 달라지는 건 없다는 지레짐작으로 네게 열린 가능성의 문을 닫아 버리지는 마. 설사 처음 원했던 것과 다른 결과를 마주하게 되더라도 무언가에 부딪히고 실패해 본 경험이 새로운 가능성을 발견하게 하거든. 네가 갖고 있는 손톱만큼의 가능성, 그걸 소중히 하길 바라.

소년. 너는 버전 0.9야. 아직 1.0이 아니야. 컴퓨터 프로그램이라면 완성되지 못한 사내 테스트 단계겠지. 소년의 나머지 0.1을 채우는 데 도움이 되었으면 하는 바람에서 이 글을 썼어. 나름 치열한 삶을 살았던, 프로레슬링도 하고 방송도 하고 글도 쓰는, 좀 튀는 어떤 아저씨의 이 글이 예기치 못한 삶의 순간순간에 도움이 되었으면 해.

아! 아니다! 소년! 이 아저씨가 실언을 한 것 같아. 5개월 전 대구 서문야시장 특설링에서 챔피언 방어전을 하다가 퍼펙트 스플렉스를 맞고 뒤로 나가떨어졌는데 이때 머리가 큰 충격을 받았나 봐. 내가 엉뚱한 소리를 했네!

소년이 버전 0.9라서 부족하다고? 아냐, 소년은 이미 1.0일지도 몰라. 아, 아니지. 그게 무슨 상관이야. 0.9든 1.0이든 소년이

허세라서 소년이다

소년이라는 사실은 절대 변하지 않아. 0.7도, 0.8도, 0.9도 괜찮아. 치고받고, 눈물짓고, 허세 부리고, 가슴 뛰는 순간으로 너만의 역사를 써 내려가기를. 다시는 돌아오지 않을 소년 시절을 너만의 방식으로 즐기기를. 이제 넌 너의 인생을 살 거다. 그것만으로 넌 이미 찬란해.

　소년! 잘 싸워 봐라. 너의 인생이니까.

2017년 3월
김남훈

소년의 허세

허세? 나쁘지 않아. 오히려 적극 권장해.
이것만 기억하자고. 언젠간 다시 돌아가야 할 출발점이 있다는 것.
꾸미지 않은 온전한 나 자신이 있는 그 지점 말이야.

"어유, ×발 한 놈만 걸려라." 지인들과 한잔하고 집에 가는 버스를 타기 위해 정류장에 서 있는데 20대로 보이는 너댓 명의 남자들이 성난 고릴라처럼 몸을 한껏 웅크렸다가 펴면서 내 쪽으로 걸어오는 거야. 막 욕까지 해 대면서 말이야. 그냥 웃겨서 계속 쳐다보고 있었어. 정류장엔 나 혼자 있었으니 그들이 말하는 조건에 부합하는 상태였지. 하지만 멀리서 봐도 내가 덩치가 크다는 걸 안 그들은 애써 내 시선을 무시한 채 지나가더라고. 뭐 흔한 남자들의 못된 허세였던 거지. 취기는 올랐고 무언가 자신의 야성을 발휘하고 싶은데, 마음만으론 UFC 김동현도 때려눕히고 WWE 브록 레스너도 던져 버릴 것 같은데 정작 누군가 나타났지만 만만치 않으니까 바로 깨갱한 거지.

"200킬로? 장난해? 300킬로도 달려 봤지. 후후." 내가 한창 모터사이클 동호회 활동을 했던 1990년대 중반엔 모임에서 이런 너스레를 떠는 사람들이 종종 있었어. 항상 비슷한 패턴이었는데, 누군가 속도에 대한 이야기를 시작하면 "내가 더 빨리 달렸어."라며 과속했던 걸 자랑하고 그렇게 몇 사이클을 돌다 보면 누군가는 시속 300킬로미터를 넘어간 세계에까지 도달하는 거지.

이런 광경, 익숙할 거야. 뒷자리에서 시끄럽게 떠드는 일진들의 덧없는 17 대 1 스토리부터 우리 작은 아버지는 대기업 임원이라든가, 어제 방송국 피디한테 연예인 해 볼 생각 없느냐는 인스타 메시지를 받았다 같은 거. 소년은, 아니 남자는 나이와 관계없이 허세의 동물이야.

지금은 살짝 유행이 지난 패딩 점퍼. 난 이 점퍼를 입은 중고생 군단을 보면서 일종의 집단적인 허세가 유행했던 게 아닐까 생각했어. 더 크고 강력한 몸을 갖고 싶은데 그렇게 하려면 매일매일 운동을 하고 충분한 영양을 섭취하고 적절한 휴식도 취해야 하잖아. 하지만 그럴 형편이 되지 않으니 두텁고 풍성한 패딩을 입는 거야. 점퍼의 원래 목적인 방한과 보온 효과도 얻으면서 마른 몸을 가릴 수 있는 거지. 아무리 '어좁이'라도 두툼한 상체를 가질 수 있으니까. 물론 그 아래로 내려온 젓가락 같은 다리와의 부조화가 좀 우습기도 했지만 말이야.

'허세'는 자연스러운 거야. 허세는 내가 원하는 상태를 이미 이룬 것처럼 행동하는 것이니 일종의 '가상 체험' 같은 거라고 봐. 더 키가 크고 더 어깨가 넓고 더 공부 잘하고 더 싸움 잘하고 더 매력적인 나 자신을 상상하고, 마치 그 모습이 진짜 나인 것처럼 주변에 전시하는 거지.

허세 하면 떠오르는 단어가 '중2병'인데, 어른들의 못된 심사가 그대로 드러난 '나쁜 작명'이라고 생각해. 마치 자신들에게는 그런 시기가 없었던 것처럼, 지금 눈앞에서 지시대로 고분고분 움직이지 않는다고 '병'이란 단어를 붙여 버리다니……

호르몬 분비가 급격히 증가하는 사춘기 청소년이 종잡을 수 없고 때때로 강한 자의식에 사로잡혀 고집스럽거나 엉뚱한 행동을 하는 것. 그건 당연한 거야. 그리고 그래야만 한다고 생각해. 그렇게 풍선처럼 부풀어 오른 자의식에 자신이란 실체를 매달고 허둥대 보아야 자기 자신을 제대로 알게 되는 거지.

허세? 나쁘지 않아. 오히려 적극 권장해. 앞에서 말한 청년들처럼 다른 사람을 괴롭히겠다는 못된 허세만 아니라면, 애꿎은 사람에게 똥물만 튀기지 않는다면 자신이 만든 가상 현실을 적당히 즐겨. 뭐 어때? 그렇게 즐기다 보면 갑자기 쓴웃음이 나오며 '이건 진짜 내가 아닌데.' 하는 순간이 찾아오기 마련이니까.

이것만 기억하자고. 언젠간 다시 돌아가야 할 출발점이 있다는 것. 꾸미지 않은 온전한 나 자신이 있는 그 지점 말이야.

도쿠가와 이에야스라고 일본 전국시대의 아주 유명한 장수가

있었어. 젊은 시절부터 연전연승을 거두던 도쿠가와는 미카다가
하라 전투에서 라이벌인 다케다 신겐에게 생애 첫 패배를 경험
해. 원래 이 전투는 수적으로도 도쿠가와가 불리한 상황이었어.
어느 전투이건 간에 안정적인 승리를 위해서는 상대보다 최소 3
배 많은 병력이 필요한 법인데, 도쿠가와는 병사 수에서 열세이
면서도 기습 작전이 아니라 학익진처럼 넓게 진을 펼쳤어. 어린
시절 다른 가문에 인질로 잡혀 가는 등 수없이 고초를 겪었지만
맨손으로 다시 가문을 일으키고 전투에서도 연전연승을 거둔 도
쿠가와였기에 자만과 허세의 물결에 빠져서 정세를 제대로 읽
지 못했었나 봐. 다케다군 사상자는 200여 명이었지만 도쿠가와
는 그보다 열 배 가까운 사상자에 중요한 참모들도 전사하는 패
배를 경험해. 간신히 목숨만 부지할 수 있었던 도쿠가와는 도망
가면서 말 위에서 똥을 쌀 정도였다고 해. 그런데 도쿠가와는 화
공을 불러 벌벌 떨고 있는 자신의 모습을 그림으로 남겼어. 젊은
시절 자만에 절어서 허세를 부리다가 겪은 뼈아픈 패배를 기록
으로 남겨서 두고두고 반성하기 위해서였지. 〈도쿠가와 이에야
스 미카다가하라 전역 화상〉이라는 이 그림은 '이에야스의 우거
지상'이라 불려. 눈이 퀭한 채 정신 줄을 놓아 버린 표정의 도쿠
가와가 맨발로 앉아 한쪽 다리를 손으로 잡고서 벌벌 떠는 모습
이 처량할 정도야.

가끔씩 가상의 세계를 즐기는 것이라면 허세가 그닥 나쁘지는 않아. 유의해야 할 점은 허세는 중독성이 강하다는 것. 한 번 맛을 보면 더 큰 자극을 느끼기 위해서 더 큰 허세를 떨게 되지. 이런 식으로 자신만의 모래성을 높게 높게 쌓다 보면 단 한 번의 파도에도 허물어질 수 있는 거야. 승부의 세계를 살아가는 운동선수들은 그래서 항상 허세를 경계하지. 프로야구에서는 신인 선수가 첫 안타를 치면 코치나 선배들이 공을 선수에게 줘. 관객이 잡은 홈런 볼이라도 "이 공이 첫 홈런을 친 공이라서요." 하며 간곡하게 사정을 설명하고 돌려받아 와서 선수에게 주지. 프로야구 선수가 되기 위해서 그동안 얼마나 노력을 했겠어, 신인 선발 드래프트 현장에서는 또 얼마나 긴장을 했겠어. 드디어 프로 무대에서 힘껏 공을 때려 낸 거지. 그 공을 간직함으로써 초심을 잃지 않고 허세에 빠지지 말라는 당부를 하는 거야.

　　허세 부려. 그래도 돼. 괜찮아. 하지만 허세라는 껍데기를 벗어 버린 네 자신, 그 자체도 나쁘지 않다는 걸 잊지 마. 부족한 부분이 있다는 것은 이제 채워 나가면 된다는 것이니까. 누구나 '폼 나는 나, 괜찮은 나, 멋진 나'의 모습을 사랑할 거야. 하지만 자신의 부족한 모습을 인정할 줄 아는 솔직함도 정말 멋지다는 거, 그것도 기억하면 좋겠어.

　　덩치가 작아도 괜찮아. 힘이 약하고 싸움을 못해도 괜찮아. 못

생겼어도 괜찮아. 공부를 못해도 괜찮고 돈이 없어도 괜찮아. 다 괜찮아.

소년, 넌 이제 시작이야.

02

소년의 미래

너희들도 앞으로 살면서 많은 사람을 만나고 여러 결정을 내릴 거야.
그리고 후회할 때도 있겠지.
가장 중요한 것은 자신이 어떤 것을 정말로 좋아하고 사랑하는지,
그걸 계속 찾는 거야.

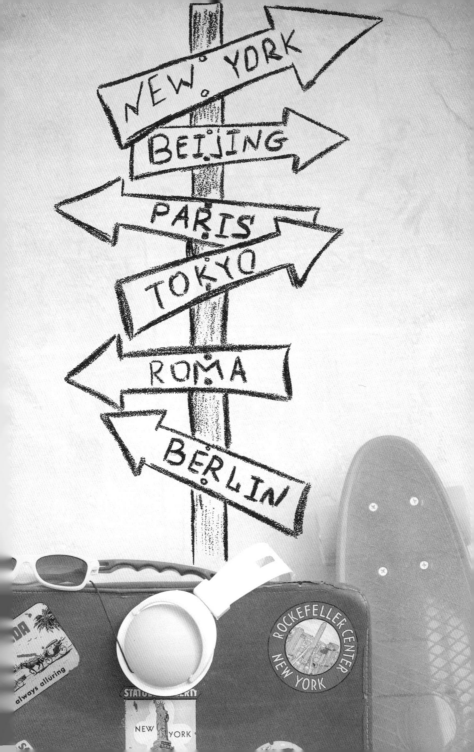

내 이야기를 조금 들려줄게. 난 프로레슬링 선수가 되고 싶었어. 그래서 가출을 결심했지. 스승의 집에서 먹고 자면서 기술을 배우는 내제자(內弟子)가 되고 싶었어. 역도산의 내제자였던 안토니오 이노키나 김일처럼. 온종일 아드레날린과 헤모글로빈을 흘리며 단백질을 섭취하는 삶을 살고 싶었던 거지. 그래서 내가 어떻게 했는지 알아? 당대 프로레슬링의 최고 정점이었던 이왕표 선수를 무작정 찾아갔어. 그의 도장이 양평에 있다는 소식을 접하고 묻지도 따지지도 않고 양평으로 떠났지. 아무런 사전 연락도 없이 무작정 떠난 거였어. 날 받아 줄지 내칠지, 그런 고민은 하지도 않았지. 아니, 할 수가 없었어. 꿈에 그리던 프로레슬링의 세계로 한 발자국 들어선다는 느낌에 마음이 헬륨 가스를 가득 먹은 행사장 애드벌룬처럼 부풀어 올라 있었으니까. 양평으로 가는 버스는 좌우로 심하게 요동쳤지만, 난 멀미를 느끼는 게 아니라 공중에 떠 있는 것 같았어.

드디어 도착한 양평. 그런데 말이지, 도통 찾을 수가 없는 거야. '이왕표 같은 사람이 수장으로 있는 체육관이라면 그 동네 사람은 다 알겠지?'라는 막연한 생각으로 갔는데, 아무도 그분 체육관이 어디에 있는지 모르는 거야. 그때는 스마트폰이나 지도 앱이 있던 시절이 아니었어. 그때도 휴대폰이 있었지만 무려 300만 원이 넘는 고가라 나 같은 시골 고교생이 엄두를 낼 수 있는 물건이 아니었지. 한참을 떠돌다가 서울로, 그리고 다시 평택으로 내려올 수밖에 없었어. 나중에 알고 보니 이왕표 선수의 체육관이 있는 곳은 경기도 양평이 아니라 서울에 있는 양평이더라고. 영등포구 양평동 말이야. 시골 촌놈이라서 '양평'이란 말만 어디서 주워듣고 경기도 양평이라고 생각하고 거기까지 간 거였지.

그때 참 후회했어. '내가 참 바보 같은 짓을 했구나. 난 왜 이렇게 멍청하지?' 하고 생각했어. 무슨 애도 아니고 프로레슬러가 되겠다고 가출까지 결심하다니, 내가 생각해도 정말 어이없는 거 있지. 갑자기 피식피식 웃음이 나오면서 '이 이야기는 절대로 남한테 이야기하지 않을 거야. 이렇게 쪽팔린 과거는 평생 자물쇠로 잠가 두고 절대로 남한테는 입도 뻥끗하지 않을 거야.' 하고 결심했지. 혹시라도 아주 맘에 드는 친구가 생기거나 내가 정말 사랑하는 여인이 생긴다면 술 한잔 하면서 "훗. 내가 옛날에 말이지, 이런 짓도 했었다구. 하하하!" 하고 철없고 분별없던 십 대 시절의 무용담으로나 이야기할 수 있을 거라 생각했어. 물론 이

26

이야기를 들을 수 있는 사람은 아주 소수일 거라고 생각했지.

그리고 시간이 흘렀어. 정말 금방이더라. 서울로 아예 거처를 옮긴 나는 식당 종업원, 주차장 '주차 삼촌'을 거쳐 출판사에서 허드렛일과 일본어 번역을 했고 아는 분의 소개를 받아서 〈딴지일보〉라는 인터넷 콘텐츠 회사에서 프로듀서 일을 하게 되었어. 내가 만든 방송 프로그램이 인터넷 회선을 통해서 많은 사람들에게 전해진다는 거, 그건 정말 신기한 일이더라. 뿌듯하기도 했지. 그러던 어느 날이었어. 야근이 끝난 뒤 집에 가려고 지하철을 탔다가 그냥 왠지 걷고 싶은 마음에 중간에 내려서 길을 걸었어. 왜 그럴 때 있잖아. 혼자 그냥 쓸쓸함과 적막함을 느껴 보고 싶기도 하고, 또 괜히 그런 감정에 자기 자신을 푹 적셔 보고 싶은 날. 일종의 '허세' 같기도 한 그런 감정이 느껴질 때 말이야.

그렇게 골목길을 지나다가 어디 통닭집에서 치킨에 맥주라도 한잔 하고 가야겠다 싶어서 두리번거리는데, 태권도 도장 간판이 보이더라고. 스윽 지나가다가 뭔가 휙 뒷덜미를 낚아채는 듯한 느낌에 다시 뒤를 돌아봤지. '태권도'라는 익숙한 글자 바로 밑에 어떤 사람의 이름이 반짝반짝 빛나고 있었어. '이왕표 프로레슬링', 맞아. 프로레슬러 이왕표. 오래전 내가 찾아 헤맸던 바로 그 사람 말이야. 내가 다니던 〈딴지일보〉는 문래동에 있었고

바로 옆 동네가 양평동이었어. 경기도 양평이 아니라, 영등포 양평동. 10여 년 전 그렇게 부푼 마음을 안고 찾아 헤맸던 바로 그곳이 내 눈앞에 있는 거야.

그다음엔 어떻게 됐겠어? 혹시나 인터넷에서 내 이름을 검색해 봤거나 텔레비전에서 본 사람들은 알겠지만, 알려져 있는 그대로야. 난 도장 문을 두드렸고 두 번의 낙방 후 삼수 끝에 합격. 1년 뒤에 프로레슬러로 데뷔를 했어. 앞니가 부러지고 하반신이 마비되는 사고를 겪기도 했지만, 2010년엔 일본의 메이저 프로레슬링 단체 DDT의 익스트림 디비전 챔피언에 오르기도 했지. 프로레슬러이자 챔피언 '김남훈.'

그런데 만약 십 대 후반의 어리석은 실수가 없었다면 지금의 내가 있었을까. 그때 경기도 양평에라도 가 봤기 때문에 지하 1층 프로레슬링 도장의 쇠문을 똑똑 두드릴 수 있었던 것은 아닐까. 한 발자국도 아니고 반의 반 발자국이었지만, 그때 시도라도 해 봤기 때문에 그걸 바탕으로 10년 후에 진짜 레슬러로 입문할 수 있었던 것은 아닐까.

워~ 워~ 진정해. 지금 당장 연예인이나 축구 선수가 되겠다며 가출하라는 이야기가 아니야. 그렇게 오해하면 정말 내가 곤란해진다고. 내가 이야기하고 싶은 것은, '어떤 일을 할 때 가슴이 가장 두근거리는지' 직접 경험해 보고 그걸 자기 머릿속에,

그리고 가슴속에 잘 담아 두라는 거야. 비록 십 대 후반의 가출 시도는 실패했지만 시간이 흐른 뒤에야 알았어. 경기도 양평으로 가는 버스 안에서 난 너무나 행복했었다는 걸. 그때 내 심장의 두근거림, 아직까지 그 느낌을 잊을 수가 없어. 바로 그 두근거림을 소중히 여기며 살았기 때문에 하고 싶은 일을 향해서, 내 꿈을 향해서 나아갈 수 있었던 거지.

너희들도 앞으로 살면서 많은 사람을 만나고 여러 결정을 내리게 될 거야. 그리고 후회할 때도 있겠지. 하지만 가장 중요한 것은 자신이 어떤 것을 정말로 좋아하고 사랑하는지, 그걸 계속 찾는 거야. 왜냐하면 젊음은 유한하거든.

너희들도 월드컵이랑 올림픽 몇 번 보면 어느새 기성세대가 되어 있을 거고, 어느 날 거울 속에서 그렇게 싸우고 원망했던 아버지, 어머니의 얼굴을 보고 서늘한 감정을 느끼게 될 날이 올 거야. 몸과 마음을 꽉 채웠던 젊음의 열기가 풍선에서 바람이 빠지듯이 다 빠져 버리고 나면 그 공허함을 채우고자 가장 손쉬운 방법, 즉 누군가를 원망하거나 저주하는 쪽을 택할 수도 있지. "요즘 어린 것들은 싸가지가 없어."라면서 길바닥에 침을 퉤 뱉는, 그렇게 '못된 노인네'가 되어 가는 거야.

안 그럴 것 같다고? 노약자석에 앉아 있는 임산부에게 쌍소리를 해 대는 노인들에겐 찬란한 젊음이 없었을 것 같아? 그 사람들은 원래부터 그랬을까? 그러니까 계속 찾아. 두근거림을 잊지 말고 계속 꿈을 쫓아. 그러지 않으면 정말로 후회할 거야.

소년과 운동

운동은 체력과 관련이 있고 체력은 건강과 연결되어 있지.
그리고 이것들을 쭉 늘어놓고 계속 선을 그어 가다 보면
그 끝에는 인생, 꿈 같은 것이 있어.
인생을 살아가고 꿈을 이루는 데 운동은 필수야.

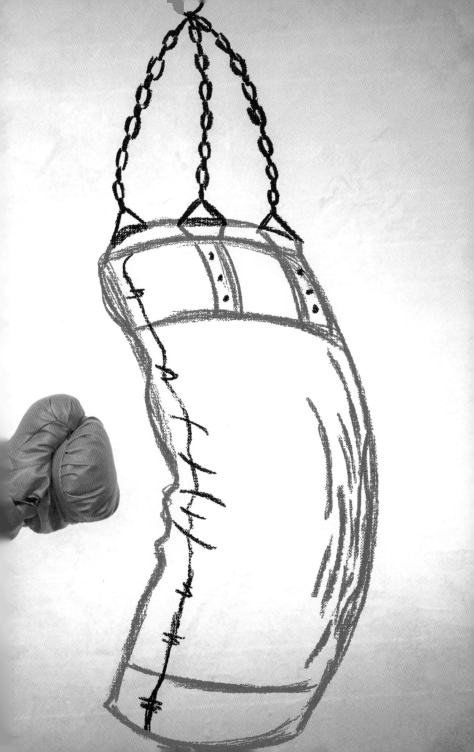

"A sound mind in a sound body." 건강한 육체에 건강한 정신이 깃든다는 말 많이 들어 봤지? 몸이 튼튼해야 정신도 튼튼하다는 뜻으로 많이 쓰이는데 원래 이 문장은 우리가 지금 사용하고 있는 것과는 반대 의미로 쓰였던 말이야. 유베날리스라고 로마 시대의 철학자이자 풍자 시인이 있었어. 풍자 시인은 지금으로 치면 시사 평론가이자 개그맨 같은 역할을 했던 사람이야. 당시 로마에는 이른바 몸짱 열풍이 불었대. 근육을 키우고 몸을 가꾸는 데만 신경 쓰느라 공부도 안 하고 책도 안 읽는 사람들의 행태를 보고는 유베날리스가 "몸이 그렇게 좋은 만큼 머리도 좋으면 얼마나 좋아? 쯧쯧."이라고 한껏 비꼬아 한 말이래. 몸은 A급인데 머리는 B급이니 안 어울린다는 거지. 하지만 세월이 지나고 원전을 쓴 사람의 의도를 파악할 방법이 없다 보니 '몸도 튼튼 마음도 튼튼'이란 의미로 변질된 거지.

유니세프에서는 매년 물질적 행복, 보건과 안전, 교육, 가족과 친구 관계, 주관적 행복, 건강 관련 행위의 6가지 영역으로 나누어서 '어린이-청소년 행복지수'를 발표하고 있어. 2016년 한국 어린이와 청소년의 행복 지수는 88점으로 OECD 22개 회원국 중 가장 꼴찌야. 반면에 하루 평균 학습 시간은 7시간 50분으로 OECD 회원국 중 부동의 1위래. 다른 나라와 비교할 수 없을 만큼 학습 시간이 긴 건 학교와 학원에서 보내는 시간이 길기 때문이야. 그러니 당연히 수면, 여가, 운동 시간이 그만큼 줄어들지. 저녁 8~9시까지 야간 자율 학습, 이후 12시까지 학원 수업을 들어야 하는 상황에서 이불 속에 들어가 잠을 잘 것인지, 밖에 나가 운동장을 돌 것인지, 아니면 컴퓨터나 스마트폰으로 게임을 할 것인지 선택해야 한다면 당연히 게임을 선택하는 친구들이 많을 거야. 즉각적인 즐거움을 느낄 수 있는 것이 바로 게임이니까. 그래서일까? 성적 이외의 다른 지표는 모두 다 어두워.

어쩌면 당연한 결과일지 몰라. 공부는 오직 높은 점수를 받기 위한 것이니 친구들을 모두 경쟁자로 삼아야 할 테고 친구들과 어울릴 수 있는 최소한의 시간도 제대로 주어지지 않을 테니까. 좀 다른 이야기이지만 그래서 난 게임을 긍정적으로 여기는 편이야. 만약 우리 학생들에게 게임이 없었다면 다른 이들과 의견을 모아 팀을 구성하고 협동 작전으로 미션을 완수하는 경험을 언제 해 보겠느냐는 생각에서 말이지.

운동은 체력과 관련이 있고 체력은 건강과 연결되어 있지. 그

리고 이것들을 쭉 늘어놓고 계속 선을
그어 가다 보면 그 끝에는 인생, 꿈
같은 것이 있어. 내 인생, 내 꿈과 운
동이 무슨 관련이 있냐고? 난 운동선
수도 아니고 체육 대학에 갈 것도 아닌

데? 그 말도 맞아. 하지만 인생을 살아가고 꿈을 이루는 데 운동
은 필수야. 이제부터 그 얘기를 해 볼게.

　운동을 하면 체력이 좋아지지. 그런데 '체력'이 정확히 어떤 걸
의미하는지 생각해 본 적 있어? 아마 없을 거야. 운동 생리학적
측면에서 체력이 무엇인지 정의할 수 있게 된 것도 비교적 최근
의 일이거든. 우리가 들숨 날숨으로 항상 들이마시고 내뱉는 공
기의 정확한 성분도 과학 기술이 발달한 이후에야 파악이 가능
했던 것처럼 말이야. 이전까지 사람들은 체력이 정확히 어떤 것
인지 잘 몰랐어. 자 그러니 현역 프로레슬러이자 격투 스포츠 해
설 위원인 내가 직접 알려 줄게. 가장 최근의 이론으로 말이야.

　체력은 세 가지로 이루어져 있어. 첫 번째는 유산소 심폐 지구
력이야. 이건 폐로 산소를 흡입하면서 지속적으로 몸 안의 근육
을 이용해 사람을 움직이게끔 하는 능력이지. 두 번째는 스트렝
스(strength)야. 파워라고 할 수도 있는데 '힘'을 이야기 해. 무거
운 바벨을 들어 올리거나 하는 것 같은 능력 말이야. 세 번째는

컨디셔닝(conditioning)인데, 저항이 있는 상태에서 자기 몸을 의도대로 움직일 수 있는 걸 말해. 예를 들어 엄청난 바람에 맞서면서 달리기를 한다거나, 레슬링 같은 종목에서 상대방이 안 넘어지려고 중심을 잡고 있을 때 내가 힘으로 넘어뜨리려고 소모하는 체력을 뜻하지. 이 세 가지의 총합을 '체력'이라고 하는 거야.

지금 이 글을 읽고 있는 소년들에게 느낌이 탁 하고 안 올 수도 있을 거야. 하지만 십 대라는 시기에 신체는 운동을 하기에 최적의 상태야. '성장 호르몬'이 그 어느 때보다 활발하게 분비되거든.

스포츠 선수가 금지된 호르몬 주사를 맞았다는 뉴스를 본 적이 있을 거야. 약물의 힘은 최고의 운동 선수도 유혹에 빠질 정도로 엄청나. 주사를 맞았을 때와 그렇지 않았을 때를 비교하기 힘들 정도니까. 물론 그만큼 각종 부작용이 생길 위험성도 커. 예를 들면 고환이 작아지는 후유증을 평생 안고 살아가거나 더 심각하게는 목숨을 잃을 수도 있기 때문에 법으로 강력하게 규제하고 있는 거야. 그런데 소년 너희는 말이지, 이 호르몬이 몸에서 저절로 나오고 있는 상태야. 게다가 뇌에서 정확히 생체 흐름에 맞추어서 호르몬을 분비하기 때문에 부작용도 없어! 아니, 이게 말이 돼? 이건 비유를 하자면 '살이 찌지 않는 치킨' 같은 거야. 아무리 먹어도 살이 찌지 않는 치킨. 꿈의 치킨! 그런데 그게 너희들 몸 속에 있다고. 그래서 지금 너희들 나이 때는 조금만 운동을 해도 엄청난 효과를 맛볼 수 있어. 폐활량이 커지고 근육이 발달해. 물론 키도 쑥쑥 자라고.

자, 이렇게 운동을 해서 게다가 성장기에 분비되는 호르몬을 치트키로 이용해서 성과를 더 높이면 어찌 될까? 체력이 비약적으로 올라가겠지. 이렇게 올라간 체력은 앞으로 너희가 어떤 인생을 살든지 엄청난 자산이 될 거야. 자동차로 치자면 배기량이 올라가는 거야. 서울에서 부산까지 간다고 할 때 아무래도 배기량이 크고 안정감 있는 차체를 가진 대형차가 더 좋겠지? 운동을 통해 체력 수준을 올리면 고장도 안 나고 연비도 좋은 고급 대형 세단의 엔진을 갖게 되는 거야.

강연을 다니다 보면 남학생과 여학생의 반응이 다를 때가 많은데 특히 남학생들은 상대적으로 더 부산스러워. 충동과 모험에 관련된 뇌의 신경 전달 물질인 도파민과 남성 호르몬인 테스토스테론의 수치가 여자보다 훨씬 높고, 운동 조절 중추인 소뇌의 혈류량도 더 활발하기 때문이야. 그러니까 스마트폰이나 컴퓨터를 잠시라도 멀리하고 운동을 해. 너희들 몸이 시키는 대로 하라고.

머릿속으로 하는 모든 지적 활동, 즉 계획을 짠다거나 책을 읽는다거나 하는 모든 활동은 한 꺼풀 벗겨서 핵심을 들여다보면 체력이 있기 때문에 가능한 거야. 내가 어디가 아프거나 제대로 움직이기 힘들다면 지적 사고의 폭도 좁아질 수밖에 없어. 꿈을 향해, 살고 싶은 인생을 향해 나아가다 보면 반드시 '내 몸이 고달픈 일'과 마주하게 돼. 이럴 때 체력이 뛰어난 사람은 그런 저항을 견디면서 앞으로 더 나아갈 수 있어. 하지만 체력이 약하다면 쉽게 주저앉고 말지. 무엇보다 체력이 부족하면 끈기 있게 노력하기가 힘들어지고 쉽게 지치고 쉽게 포기하는 '시스템'이 나도 모르게 체내에 장착되고 말아.

운동은 스트레스를 관리하는 데도 큰 도움이 돼. 몸을 움직여서 땀이 나고 가벼운 통증이 온몸을 구석구석 훑고 다니면 머리는 자연스럽게 진정 상태가 돼. 방금 전까지 토할 정도로 짜증나고 복잡하게 얽힌 실타래들이 대뇌의 상당 부분을 차지하고 있었는데 운동을 시작하면 일단 이것들이 모두 머릿속에서 사라지는 거야. 지금 몸을 움직여야 하고 당장의 자극을 관리해야 하니까 자연스럽게 잠시 잊게 되는 것이지.

또 복잡한 문제를 계속 머릿속에 담아 두고 생각하다 보면 오히려 핵심을 파악하지 못해서 결국 해결책을 찾지 못하기 일쑤인데, 운동을 통해서 뇌가 휴식할 시간을 갖고 나면 생각하지 못했던 관점에서 힌트를 발견할 수도 있어. 덧붙여 농구, 축구 같이 팀을 이루어서 경쟁하는 운동이라면 당연히 사회성뿐만 아니라 승패를 통해서 '지는 연습', 다시 말해 노력을 했는데도 결과가 좋지 않았을 때 어떻게 받아들여야 하는지를 연습할 수 있어. 미국이나 유럽 같은 나라에서 정치 지도자를 선발할 때 운동 경험을 굉장히 중요하게 여기는 것도 이런 패배의 경험이 얼마나 소중한지 잘 알기 때문이야.

　운동하자. 인터넷 검색창을 조금만 두드리면 좁은 공간에서도 할 수 있는 각종 운동 방법 영상이나 앱을 찾을 수 있어. 일주일에 최소 한두 번은 땀이 흠뻑 날 정도로 운동을 하고, 시간적인 여유가 있을 땐 엘리베이터 대신 계단을 이용해 봐. 성장기 호르몬이라는 치트키까지 이용해서 체력을 올려 두면 앞으로 좋은 일이 많이 생길 거야. 내가 장담할게. 너희에게 무조건 좋은 일만 생길 거야.

41

04

소년의 노력

나의 하반신 마비 극복. 그것은 '스몰 빅토리'였어.
작은 승리를 반복했기에 가능한 것이었지.
하나하나는 작은 점처럼 미미한 승리였지만
그 점들을 이어 나가니가 굵고 진한 곡선이 나타났던 거야.

목적을 이루기 위하여 몸과 마음을 다하는 것. 노력이라는 말은 아마 귀에 못이 박히도록 들었을 테지. 이 단어가 머릿속에 떠오르는 것만으로도 짜증이 나는 사람이 있을 거야. 음, 이해해. 난 정말로 이해해. 나도 한때 듣거나 읽는 것만으로도 두드러기가 돋을 것 같은 단어가 몇 개 있었는데 그중 하나가 노력이었어. 내가 이 단어를 부정적으로 느끼게 된 것은 중학교 3학년 때 국어 선생님 때문이야. 신학기 몇 주 동안은 아이들의 장난도 받아 주면서 즐겁게 수업을 진행하다가, 어느 날 갑자기 "여러분은 내년에 고등학교에 갑니다. 그러니 지금부터는 제대로 수업을 하겠습니다."라고 선언하시더니 교과서에 있는 모든 내용을 외우라는 거야. 한 명 한 명씩 차례대로 교단 위에 올라가서 선생님이 그만하라고 할 때까지 암송을 해야 했어. 만약 암송을 못할 경우엔 야구 배트로 맞는 거지. 거의 한 학기를 그렇게 했어. 요즘 같은 시절이면 난리가 날 일이었지.

그 국어 선생님이 항상 하던 말이 '노력'이었어. 너희들은 노력이 부족해서 교과서를 못 외우는 거라고, 좋은 내용이 얼마나 많은데 왜 외우지를 못하냐고, 노력하면 전부 외울 수 있다고. 그때 노력이란 단어는 내 대뇌피질 속에 아주 뚜렷하게 부정적인 의미로 새겨졌지. '아무리 해도 안 되는데? 교과서를 어떻게 통째로 다 외워? 그리고 그게 노력한다고 돼? 되냐고!' 선생님은 그 학기를 끝으로 다른 학교로 전근을 가셨고, 우린 안도의 한숨을 내쉬었지. 아마 그때부터 난 노력이란 단어를 의도적으로 머릿속에서 지웠던 것 같아. 다른 사람 앞에서 말을 하거나 글을 쓸 때도 "노력한다."라고 하지 않고 "열심히 한다." 정도로 바꾸었지.

아마 이 글을 읽는 소년들도 노력이란 단어에 나와 비슷한 감정을 느끼지 않을까 싶어. 선생님이나 부모님이 시험 성적으로 꾸지람을 하면서 '노력'이란 단어를 입에 올릴 테고, 그걸 들으면서 '누군 몰라서 안 하나? 해도 안 되니까 그렇지. 맨날 노력 노력. 정말 지겨워.' 하는 생각을 하겠지. 뉴스나 인터넷 게시판에 금수저, 흙수저 운운하는 내용을 보면서 짜증이 나기도 할 테고. 그래서 '노오력'이라는 말까지 생겼잖아. 아무리 노력해도 안 되는 현실을 고려하지 않고 젊은이들에게 무조건 노력만을 강요하는 어른들의 행태를 비꼬면서 "노오력이 부족해서 죄송하다."

고 하는 거지.

맞아. 아무리 노력해도 안 되는 것이 있어. 하지만 또 그게 다는 아니란 걸 소년들에게 이야기하고 싶어. 난 프로레슬링 선수야. 링 위에서 상대방을 던지고 때려눕히면서 돈을 벌지. 현재 한국에서 프로레슬러로 활동하는 사람은 십여 명 안팎이니 내가 얼마나 희귀한 존재인지 알 수 있을 거야. 그러니까 내 말을 좀 잘 들으라고!(어험)

내가 프로레슬러를 꿈꾸기 시작한 건 십 대 초반, 초등학교 고학년 때부터야. 뭐, 그땐 뭔가 초월적인 존재가 되고 싶다는 생각을 많이 하잖아. 친구들은 수퍼맨, 스파이더맨, 울트라맨을 동경했고, 난 진짜 레슬러가 되고 싶다고 마음먹었지. 하지만 평범한 인문계 고등학교로 진학하면서 공대를 나왔고 서울로 올라와 인터넷 신문사에 다니게 되었어. 어린 시절의 꿈은 어느새 마음 깊은 곳에 묻어 두게 되었지. 그러다가 우연히, 진짜 우연히 최태산, 이왕표 같은 분들을 만나게 되면서 프로레슬러가 된 거야. 그런데 내가 노력의 진짜 의미를 깨닫게 된 건 링이 아니라 다른 곳에서였어. 바로 우리집 안방이었지.

프로레슬링을 보면 '로프 반동'이라고 있잖아. 상대방을 로프 쪽으로 보내거나 아니면 자청해서 링 끝 부분의 로프가 있는 곳으로 뛰어가 반동을 이용해서 다시 돌아오는 기술 말이야. 이건 프로레슬링의 형식미를 완성하는 아주 중요한 포인트야. 선수들은 실제로 이 기술을 이용해서 더 멀리 점프하고 상대방을 공격하거나 던지기도 하지. 그래서 로프 상태를 항상 최고 수준으로 유지하는 게 중요해. 경기 전에 로프 안의 핵심 구조물이라고 할 수 있는 강철 케이블의 상태를 확인하고 각 모서리 안쪽에 있는 체결 부위들을 육안으로 검사하고 조이기도 하지. 로프의 상태가 좋지 않으면 자칫 큰 사고로 이어질 수도 있거든. 그런데 내가 바로 그 큰 사고의 피해자가 되어 버리고 말았던 거야.

그날은 총 여섯 번의 경기가 준비되어 있었고 내가 앞에서 두 번째였나 그랬을 거야. 링 위에 올라갔을 때, 그날은 이상하게도 나뿐만 아니라 상대 선수, 심판까지 아무도 로프 상태를 확인하지 않았어. 시합 시작을 알리는 종소리가 내 귀에 들려 왔고 이리저리 밀고 당기다가 로프 반동을 했는데 첫 번째는 괜찮았고 두 번째도 반동을 느낄 수 있었어. 그런데 세 번째 로프 반동을 했을 때 로프가 그만 버텨 내지 못하고 그대로 무너져 내리면서 내가 링 밖으로 떨어져 나갔던 거야.

떨어진 높이가 족히 3미터는 됐을 거야. 다행히 목보다 어깨 쪽이 먼저 바닥에 닿으면서 충격이 조금 완화되기는 했지만 통증은 대단했지. 중력을 거스를 수 있다면 모를까, 높은 곳에서 아래로 떨어지는 것은 언제나 아픈 법이거든. 그 순간 '여기가 어디지?' 하는 생각이 들 정도로 정신이 멍했어. 간신히 몸을 추슬러서 링 위로 올라가 자세를 잡으려는데 갑자기 내 앞의 풍경이 비스듬하게 보이는 거야. 그리곤 바로 옆으로 고꾸라졌지. 상대 선수는 물론이고 경험 많은 심판 역시 어찌할 바를 모르고 있었어. 난 내 몸을 스스로 굴려서 링 밖으로 나갔어. 차가운 시멘트 바닥 위에 누워 있는데 기분이 너무나 이상한 거야. 손으로 다리를 만져 봤더니 아무런 느낌이 없었어. 발가락을 움직여 보려고 했지만 안 움직여!

그 생소한 느낌에 울부짖으며 119를 불러 달라고 했고, 구급차는 나를 바쁘게 응급실로 실어 날랐어. 병원에서 마사지를 받고 각종 주사를 맞았지만 별다른 효험이 없었지. 다음 날 큰 병원에서 MRI를 비롯한 여러 검진을 받았는데 검진 결과는 뒷목을 관통하는 신경 다발에 문제가 생겼다는 것. 끊어진 것은 아니었지만 큰 충격을 받아서 언제쯤 정상으로 돌아올지 모른다고 하더라고. 이게 무슨 말인가 하면 배꼽 이하, 그러니까 하반신을 전혀 움직이지 못하는 상태가 되었고 언제 다시 걸을 수 있을지도 알 수 없는 상황이 되었다는 거야.

"일단 집으로 돌아가시죠." 나는 이 말을 들으며 집으로 와야 했어. 드르륵 드르륵. 침대에 달린 바퀴가 인도의 오돌도돌한 요철을 긁으면서 굴러갈 때마다 침대는 요동쳤고, 내 눈에 들어온 하늘은 푸르다 못해 시리더라고. 파란색이 얼마나 무서운 색일 수 있는지 그때 알았어.

사람의 자존감이 무너지기 시작하는 결정적인 계기는 무얼까? 그건 바로 사람으로서 최소한의 위생과 청결을 책임지시 못할 때야. 하반신 마비로 누워서 생활해야 하는 나는 대부분의 일상에서 가족의 도움을 받아야 했어. 하지만 어쩌다가 혼자 남게 되었을 때는 그저 누운 채로 대소변을 보는 일, 아니 싸는 일도 있었지. 내 몸 안에서 나온 것들이 등 뒤로 꾸물럭거리며 올라오고, 불쾌한 냄새가 방 안을 뒤덮어도 내가 할 수 있는 일이란 그저 리모콘으로 TV 볼륨을 최대한 켜 놓고 혼자 천정을 바라보며 욕을 하고 소리를 지르는 것뿐이었어. '차라리 정수리부터 떨어지지. 그랬다면 목뼈가 부러졌을 텐데. 그러면 그 자리에서 그냥 죽어 버렸을텐데.' 이런 생각만 자꾸 했어. 칙칙한 절망 속에서 반 년 이상을 보내야만 했지. 몸 안의 체지방은 계속 축적됐고 체중도 100kg에서 110, 120, 130, 140…… 끝도 없이 계속 늘어만 갔어.

그러던 어느 날 저녁, 그동안 아들의 몸 상태에 대해서 별 말이 없으시던 아버지가 내 밥상을 손수 차려 주셨어. 벽에 등을

기댄 채, 오랜만에 부자가 얼굴을 맞대고 밥을 먹었지. 후루룩후루룩, 시래기 된장국이 넘어가는 소리가 괜히 시큼하게 들리더라고. 포만감을 느낀 나는 아버지를 애써 못 본 체하며 TV를 보다가 잠이 들었지. 새벽녘에 얼핏 잠에서 깼는데 내 손으로 뭔가부드럽고 따뜻한 느낌이 전해져 오는 거야. 눈을 떠 보니 아버지가 내 손을 꼭 잡은 채 옆에서 주무시고 계시더군. 어두워서 아버지의 얼굴은 잘 보이지 않았어. 아버지의 얼굴이 보이지 않는만큼 손의 느낌은 더 생생하고 강렬했어.

불현듯이 아주 오래전에 있었던 일이 생각났어. 어렸을 적 시골에 살 때 동네 어귀에 버려진 자동차가 있었어. 공고 다니는형들이 보닛을 열고 이것저것 만지자 엔진이 꿀렁꿀렁거리면서힘겹게 움직이기 시작했고, 이내 맹렬한 배기음을 내면서 그 움직임은 더 빨라졌어. 그 모습을 보면서 우리는 환호성을 질렀지.

그 새벽, 아버지의 손을 통해서 점화 플러그에 불꽃이 튀듯 삶에 대한 내 의욕도 살아났어. 그 버려진 자동차의 엔진처럼, 마음 저 깊은 곳에서 꿀렁거리던 욕구가 이내 급가속하듯 터져나왔어. '걷고 싶다. 씨× 진짜 걷고 싶다. 다시 두 발로 걷고 싶다!!'

다음 날. 나는 일단 누워 있는 상태에서 기어가기를 시도했어. 팔꿈치로 장판을 찍듯이 누르고 잡아당기면서 때론 손톱으로 바닥을 긁으면서. TV 앞에서 화장실까지, 화장실에서 문 앞까지.

그 좁은 방 안이 마치 거대한 은하계처럼 너무나 넓게 느껴졌지. 갓난아이가 배밀이를 하듯 꿈지럭거리며 기어 다녔어. 그렇게 몇 달이 지나자 발가락 저 끄트머리에서 희미하게 신경이 되살아나는 느낌이 들었어. 기어 다니고, 또 기어 다니고……. 계절이 바뀌자 벽에 몸을 기댄 채 문고리를 잡고 일어나는 수준까지 되었지. 어설픈 이족 보행 로봇마냥 간신히 균형을 잡은 채 걷는 것도 가능해졌어.

그 사이 장판은 팔꿈치로 찍고 손톱으로 긁은 자국으로 엉망이 되었고 벽지는 바닥에서 10센티미터 정도 높이까지 내 머릿기름으로 온통 누렇게 변했지. 장판의 자국과 벽지에 묻은 때가 진해질수록 회복 속도는 더 빨라졌어. 그리고 해가 바뀔 무렵의 어느 날, 드디어 자력으로 집 밖에 나가는 것이 가능해졌어. 그때 보았던 하늘을 난 아직도 잊지 못해. 병원에서 집에 돌아올 때 보았던 하늘과 같은 하늘인데 어찌 이리도 다른 느낌일까.

나의 하반신 마비 극복. 그것은 '스몰 빅토리'였어. 작은 승리를 반복했기에 가능한 것이었지. 일어서서 걷는 것부터 시도했다면 아마 걷지 못했을 거야. 누워 있는 상태에서 기어가고, 다시 어딘가에 의지해서 일어서고. 하나하나는 작은 점처럼 미미한 승리였지만 그 점들을 이어 나가니까 굵고 진한 곡선이 나타났던 거야.

노력. 그건 단순한 힘의 크기만은 아니야. 방향까지를 포함해. 벡터 값이라고 할 수 있지. 누워 있는 상태에서 일어서기까지 몇 단계로. 미분을 하고 그 단계에 맞는 목표를 향해 움직였기 때문에 다시 일어설 수 있었던 거야. 중학교 때 교과서를 통째로 외우라고 했던 국어 선생님도 노력의 진짜 의미를 몰랐던 거고, 나도 그 일을 겪기 전까지는 몰랐던 거야.

그런데 난 소년들에게 "그러니까 노력해!"라고는 말 못하겠어. 왜냐하면 나의 마비 극복 스토리는 노력뿐만 아니라 아들의 손을 꼬옥 잡아 주는 아버지와 다행히 신경이 끊어지지 않았다는 엄청난 행운이 있었기에 가능했던 거야. 이런 행운을 경험한 나에게 마비와 극복은 0 아니면 1의 이진법처럼 단순하지. 하지만 이런 행운을 경험하지 못한 이에게 이것은 가늠하기 어려운 세계야. 알지 못하는 세계를 강요하는 것은 폭력이지. 그래서 노력하라고는 말하지 않을게.

54

그런데 쉽사리 포기하지는 않았으면 좋겠어. 일단 포기하고 나면 다시 노력하는 상태로 진입하기까지 몇 배의 힘이 필요하거든. 노력과 포기 사이의 어중간한 위치라도 좋으니 쉽게 포기하지는 마. 자동차 엔진으로 치자면 공회전 상태로라도 있었으면 해. 그렇게 엔진의 온기를 유지하는 거지. 그렇게 있다 보면 어떤 계기나 사건을 통해서 노력의 진짜 의미를 알게 될 때가 있을 거야. 그때부터 노력해도 늦지 않아. 그러니 포기는 하지 말고 살자고.

05

소년과 일진

일진에게 피해를 당하고 있다면 마음을 독하게 먹어야 돼.
소년은 할 수 있어. 그리고 절대 자책하지 마.
녀석들을 원망하고 학교를 원망해.
그렇게 해서라도 살아남아야 해.

일진. 나쁜 놈들이지. 일진이라고 어깨에 힘주고 다니면서 다른 학생들 괴롭히는 놈들은 나쁜 놈들 맞아. 일진이라는 말은 1997년에 처음 등장한 것으로 기억해. 일진회라는 불량 서클에 속한 학생들이 같은 학교 급우들을 괴롭히고 조직적으로 금품까지 빼앗고 폭력을 휘두른 사건이 있었지. 사회적인 문제가 되자 국가가 나서서 학원 폭력을 없애겠다며 대대적인 수사 계획을 발표했어. 학교 안에서 일어나는 폭력 문제에 경찰 행정력을 동원하겠다고 한 것은 일진들의 괴롭힘이 단순한 장난이나 치기를 넘어서서 범죄의 영역에 진입했기 때문이었어.

59

그런데 꼭 이런 문제가 터질 때마다 게임, 영화, 만화가 아이들을 망쳤다고 주장하는 사람들이 있지. 당시엔 일본 만화가 타도 대상이 됐어. 학원 액션물이란 장르 알지? 중고등학생들이 치고받고 하면서 가장 강한 자를 가리는 판타지물이잖아. 저 사건 당시엔 학원 액션물인 일본 만화 '캠퍼스 블루스'(원래 제목은 『로쿠데나시 블루스』인데 우리나라에는 해적판으로 출시됐었어.)가 학원 폭력의 원인으로 지목됐어. 몇몇 고등학생이 불량 서클을 결성하면서 이 만화 속에 등장하는 '일진회'라는 이름을 땄다는 것을 근거로 삼았지. 이 만화를 그린 일본 작가가 항의 서한을 발송하는 해프닝도 있었어. 인구 1억 2,000명의 일본에선 이 만화 때문에 학원 폭력이 일어났다고 하는 사람이 아무도 없는데, 왜 한국에서 자기 작품을 비하하느냐고 말이야.

  뭐 어느 집단, 어느 무리에서든 자신의 남성다움, 강함을 뽐내며 으스대는 사람들은 있기 마련이야. 하지만 지금 내가 말하는 '일진'이란 그룹에 속한 이들처럼 다른 사람에게 피해를 끼치고 명백한 범죄를 저지르는 녀석들은 정말 꼴도 보기 싫어. 아마 소년의 학교에도 이런 녀석들이 있겠지.

  〈전설의 주먹〉이라는 영화 알아? 황정민, 유준상이 주연을 맡았는데, 〈주먹이 운다〉라는 케이블 TV 프로그램을 소재로 했어. 아마추어 싸움꾼들이 프로 파이터랑 한판 붙는 그 프로그램 말이야. 영화에선 왕년에 잘나갔던 일진이 세월이 흘러 중년 아저씨가 된 후 종합 격투기 경기장에서 시합을 한다는 내용이야. 그런데 말야, 한 가지 궁금한 게 있는데 일진들은 정말 싸움을 잘할까? 영화 〈전설의 주먹〉은 일진들이 학교 다닐 때 싸움을 잘했으니 나이를 먹어서도 몸만 좀 만들면 종합 격투기 대회에도 나갈 수 있을 거라는 전제를 깔고 만들었는데 정말 그럴까? 난 영화를 보는 내내 그게 참 궁금했어.

대개 학교에는 '대가리', '짱', '통'이라 불리는, 주먹이 가장 센 학생이 있어. 그런데 정말로 누가 싸움을 잘하는지를 어떻게 정할까? 권투나 격투기 시합이라면 챔피언과 도전자가 있고, 경기가 끝나면 벨트가 오고 가면서 강자와 약자의 서열이 생겨. 아니면 토너먼트 방식으로 16강, 8강, 4강을 거쳐 마지막 승자가 머리에 월계관을 쓰지. 그런데 학교에서 짱이 이런 방식으로 결정된 적이 있어? 전교생이 참가해서 토너먼트나 그에 준하는 공정한 룰로 짱이 선발되었을까? 아닐 거야. 당연히 그럴 리가 없지. 대개 반마다 왈패가 몇 명 있고 자기들끼리 서열을 정한 것뿐이야. 대부분의 학생들은 아무 관심이 없거나 또는 마지못해 이 서열을 인정했을 뿐이잖아. 물론 이 왈패 무리들 안에서도 자기들끼리의 충돌, 싸움은 있었을 거야. 그런데 이 싸움에서도 과연 공정한 룰이 있었을까?

UFC 경기 중계를 보면, 선수들이 입장할 때 양 옆에 주홍색 자켓을 입은 사람들을 볼 수 있어. 이들은 주 체육 위원회에서 파견된 진행 요원들로 선수들이 대기실에서 나와 케이지 안으로 들어갈 때까지 동행하면서 행여 경기에 영향을 끼칠 수 있는 일들이 일어나지 않도록 철저히 감시해. 싸움이라는 것은 정신적인 에너지의 영향이 매우 커. 만약 상대편에서 잘나가는 선배를 뒤에 세운다거나 입장하는 무리들의 숫자가 더 많다거나 하면 위축이 될 수밖에 없고, 경기력에도 분명 영향을 끼치겠지. 그래서 진행 요원들이 그런 일이 일어나지 않도록 감시를 하는 거야. 그런데 학교에서 짱을 가리면시 그런 룰이 있었겠냐고.

그러고는 자기들끼리 뭉쳐서 일진이라고 으스대니 기가 찰 노릇인 거지. 그리고 일진은 돈을 뺏고 억지 심부름을 시키잖아. 나쁜 짓을 하잖아. 그런 성격으로는 나중에 정말로 격투기 선수를 한다 하더라도 최상위 클래스로 올라갈 수는 없어. 평범한 수준을 벗어나서 최고 수준의 경기력을 갖기 위해서는 파트너와의 협력이 무엇보다 중요하기 때문이야. 자신의 주먹에 일부러 맞아 주고 샌드백을 붙잡아 주고 무지막지한 파운딩 세례를 견뎌낼 파트너가 필요해. 또 때에 따라서는 자신이 그런 인간 샌드백 역할을 해야 해. 효도르를 비롯해 격투기 세계에서 이름을 날린 선수들은 그 누구 할 것 없이 고매한 인격을 갖추고 있는 사람들이 많아. 그런데 일진들이 어떻게 그런 선수가 될 수 있겠어.

내가 '일진은 정말로 싸움을 잘할까'라는 이야기를 길게 푼 이유는 일진이 남들보다 주먹질을 조금 더 잘하는지는 몰라도 그렇게 압도적인 힘을 가진 녀석들은 아니라는 걸 말하고 싶어서야. 직접적인 피해를 입은 적이 있다면 이런 말이 가슴에 잘 와 닿지는 않겠지. 무섭긴 무서울 테니까.

엘론 머스크라는 미국의 기업가가 있어. 영화 〈아이언맨〉의 대부호인 토니 스타크 같은 인물이라고 평가받는 사람인데 재산이 139억 달러로, 우리 돈으로 15조원이 넘어. 물려받은 것도 아니고 자수성가로 이만한 재산을 모았으니 대단한 사람이지. 요즘은 전기 자동차 테슬라로 우리나라 언론에도 자주 오르내리는 인물인데 그의 궁극적인 목표는 20년 내에 화성에 인류를 이주시키는 거래. 화성의 대기엔 산소가 없기 때문에 가솔린 엔진 같은 내연 기관을 쓸 수 없으니 전기 자동차를 만든 거야. 지금부터 기술을 축적하려고 말이지. 이 사람이 자서전을 내기 위해 인터뷰를 하다가 눈물을 흘린 적이 있는데, 이유가 뭔지 알아? 바로 학창 시절 왈패들에게 괴롭힘당했던 이야기를 꺼내 놓으면서였어. 전 세계 자동차 업계를 벌벌 떨게 만드는 인물이 과거를 이야기하며 딱 한 번 흘린 눈물의 원인이 가족의 죽음이나 사업 실패, 기술 개발의 어려움이 아니라 학교 다닐 때의 힘든 기억이었던 거야. 엘론처럼 엄청난 성과를 이룬 인물도 학창 시절의 괴로운 기억은 떨치기 힘들었다고 고백하는데 평범한 우리들이야 말해 무엇하겠어. 소년이 자신을 지킨다는 것은 정말 쉽지 않은 일이지.

소년이 만약 일진에게 피해를 당하고 있다면 마음을 독하게 먹어야 돼. 헤르만 헤세의 『데미안』에서 데미안이 동네 불량배에게 시달리는 주인공에게 했던 조언은 "맞서 싸우고 가능하면 죽여 버려라."였어. 정말로 사람을 죽이라는 이야기는 아니었지만 그 정도로 심지를 굳게 하지 않으면 안 된다는 거였지. '너무 괴롭힘을 당해서 죽을 것 같아? 그럼 죽느니 차라리 죽여 버려.' 이 정도로 굳은 마음을 가져야 해. 신문 사회면에 나올 법한 그런 끔찍한 짓을 하라는 게 아니야. 짐승은 자신보다 강한 존재에게 결코 덤비지 않아. 언제나 자신보다 약한 존재를 사냥하지. 녀석들은 소년을 같은 사람으로 보지 않아. 친구로도 여기지 않아. 녀석들의 입에서 '친구'란 단어가 나올 때는 딱 하나, 소년의 용감한 행동으로 이놈들이 붙잡혀 경찰서나 법정에 섰을 때 "친구라서 장난친 거예요."라고 말할 때뿐이야.

증거를 최대한 모아. 그들이 어떤 가혹 행위를 했으며, 금품은 얼마나 갈취했는지 최대한 자세하게 기록해. 그리고 구타를 당했다면 사진을 찍고 대화를 녹음해. 영상을 촬영해. 이렇게 모은 자료를 가지고 부모님과 선생님에게 이야기해. 부모님은 자식을 너무나 사랑한 나머지 감정적으로 행동할 수 있고, 선생님이 상황의 심각성을 모르는 상태에서는 네 말에 귀 기울이지 못할 수도 있으니 증거를 가지고 이야기를 해.

꼼꼼하게 증거를 모은 상태에서 어른들의 도움을 받아 공적인 '사건'으로 만들어야 해. 아마 이때부터 더 힘들어질 수도 있어. 가해자 이외의 녀석들이 괴롭힐 수도 있고. 하지만 제대로 절차를 밟는다면 녀석은 처벌을 받을 것이고 분명 넌 조금 더 자유로워질 거야. 죽을 만큼 괴로웠지? 그 고통을 이제 이용할 차례야. 그 고통을 잊지 않는다면 가해자의 회유나 협박에도 굴하지 않고 끝까지 갈 수 있을 거야.

그리고 또 하나, 절대 '자력 구제'는 금물이야. 인터넷을 검색하면 학교에 식칼을 가져가서 책상 위에 꽂았다거나 벽돌을 던졌다거나 했더니 괴롭힘에서 벗어났다는 경험담들이 있어. 하지만 그건 진짜인지 확인할 수도 없고, 설사 진짜라 하더라도 아주 희귀한 사례니까 게시판에 올라온 거야. 폭력으로 대처하면 대형 상해 사건으로 번질 수도 있기 때문에 절대 해서는 안 돼.

65

소년은 아직 미성년자이고 학생이야. 당연히 국가와 사회가, 학교와 부모가 보호하고 지지해 줘야 돼. 보호를 받지 못하고 있다면 그렇게 하도록 만들어. 소년은 할 수 있어. 그리고 절대 자책하지 마. 녀석들을 원망하고 학교를 원망해. 그렇게 해서라도 살아남아야 해.

소년의 연애

누군가를 좋아하는 감정,
그 사람의 얼굴을 떠올리는 것만으로도
심장이 떨리고 나도 모르게 행복한 표정을 짓게 되는
그런 감정 자체를 소중히 여겼으면 해.

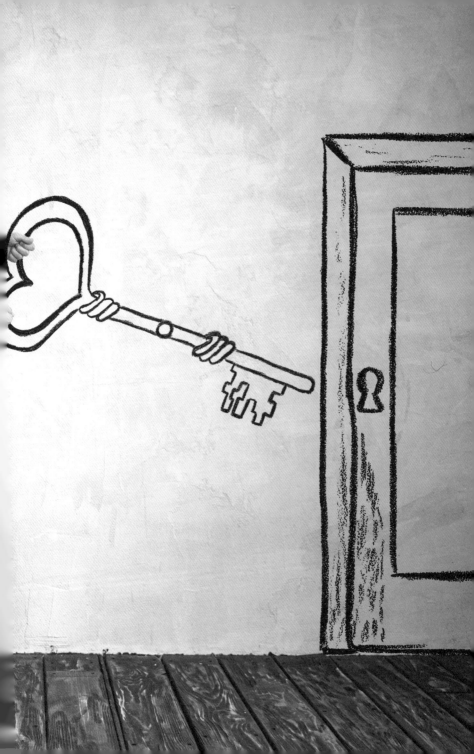

'한류'라는 말 들어 봤지? 예나 지금이나 우리나라 경제의 큰 원동력은 수출이야. 초기엔 파독 광부처럼 외화를 벌기 위해 사람을 직접 파견하기도 했고, 산업화가 진전되면서 의류, 자동차에 이어 반도체, 스마트폰 같은 최첨단 제품까지 수출 품목은 점점 늘어났지. 물리적인 공간을 차지하는 하드웨어 수출이 지금까지 우리나라 경제의 주축이었다면 여기에 가세해 드라마, 영화, 공연, 음악 같은 소프트웨어도 큰 인기를 끌고 있어. 우리나라 가수들이 부른 노래를 외국인들이 흥얼거리기도 하고, 한국어를 배우려고 우리나라에 오는 등 그 파급 효과는 만만치 않지.

한류 열풍은 아직도 진행 중이고 진화 중이야. 싸이의 '강남 스타일'은 유튜브에서 최고 재생 기록을 세웠고 강남 스타일 춤의 손목 동작을 디자인한 조형물이 강남 한복판에 세워지기도 했으니까. 마이클 잭슨의 노래 가사를 귀에 들리는 대로 한글로 적어서 흥얼거리고, 일본 애니메이션을 보거나 일본 오토바이 잡지를 읽기 위해서 일본어를 공부했던 내 경험에 비추어 보면 정말로 '세상이 바뀌었구나.' 싶어.

한류 열풍의 신호탄이 된 것은 드라마였어. KBS 드라마 〈겨울연가〉가 일본에서 엄청난 인기를 끌면서부터 아시아를 중심으로 세계인들이 한국 대중문화에 관심을 갖게 되었지. 그런데 몇몇 외국인들이 한국 드라마에 나오는 커플의 애정 표현 방식에 대해서 의문을 제기하기 시작했어. 이번에 이야기할 주제는 '사랑'인데, 이 글을 읽는 소년들에게도 중요한 포인트가 될 것 같아서 소개를 할까 해.

한국 드라마는 다루는 장르도 많고 편 수도 엄청나서 간단하게 하나의 범주로 취급할 수는 없어. 그러니 가상의 드라마로 이야기를 해 볼게. 배경은 현대, 남자 주인공은 재벌가 회장의 숨겨진 아들로 출생의 비밀이 있고 넓다란 정원이 있는 건물에 살고 있어. 여자 주인공은 외곽 지역에 자그마한 마당이 있는 오래된 주택에서 할머니, 아버지, 어머니까지 3대가 같이 살지. 여주인공은 가난하지만 당차고 씩씩해. 두 사람은 운명적인 사건으로 얽히게 되고, 결국은 결혼을 하면서 아마도 16부작에서 끝날 거야. 시청률이 오르면 24부작으로 늘어날 수도 있겠지.

이런 드라마를 볼 때마다 내가 늘 의아했던 게 세 가지가 있어. 첫 번째는 능동적인 남자와 수동적인 여자야. 남자 주인공은 온갖 역경을 헤쳐 나가며 사건을 해결하고 어떤 성과를 이루지. 반면 여자 주인공은 자기 앞에 떨어진 문제를 해결하지 못하는 것은 물론, 여러 실수를 반복하면서 이른바 '민폐녀'가 되어서 주변 사람들, 특히 남자 주인공을 힘들게 해. 가령 집에 불이 나면 119에 신고하면 될 텐데 남자 주인공에게 먼저 전화를 하지. 남자 주인공이 가진 능력을 최대한 돋보이게 만들려고 여자 주인공을 혼자서는 아무것도 못하는 한없이 나약한 존재로 만든 거야. 그래야 대비가 되니까. 현실과의 괴리를 백마 탄 왕자를 꾸미는 장치로 사용한 거지. 혹시라도 드라마를 보면서 착각에 빠지지는 마. 우리가 사는 세상은 성별로 능동과 수동을 나눌 수 있는 그런 세상이 절대 아니야.

두 번째는 남자 주인공의 폭력적인 행동이야. 소년들도 본 적이 있을 거야. 남녀가 어떤 이의 모략이나 오해 때문에 거리를 두고 있을 때 감정에 변화가 생긴 남자 주인공이 여자 주인공을 불쑥 찾아가. 그것도 여자가 일하고 있는 회사로 찾아가서 손목을 붙잡고 그대로 끌어내어 강제로 차에 태워. 더 심한 경우는 벽에 밀어붙인 후에 강제로 키스를 하기도 해. 하지만 이런 행동들은 한 마디로 범죄 행위야. 미국 드라마에서는 이런 행동을 하는 이들이 악질 범죄자로 나오는데, 한국 드라마에선 반항기 가득한 주인공의 터프한 행동으로 묘사되고 있어.

경찰청 통계에 따르면 2016년 발생한 데이트 폭력 사건이 8,300건이나 된다고 해. 신고한 사건이 이 정도이니 알려지지 않은 사건은 더 많을 거야. 또 지난 10년간 일어난 살인 사건 피해자는 1만 200여 명인데 이 중 연인에게 살해당한 사람이 1,000여 명이나 돼. 다시 말해, 살인 범죄 피해자 10명 중 1명이 연인에게 목숨을 잃은 거야. 이렇게 심각한 데이트 폭력이 일어나는 이유 중 하나는 동등한 인격체로서 여성을 바라보지 않고 여성의 의사를 존중하지 않는 남성의 폭력성을 그저 '터프함' 정도로 여기는 우리 사회의 문화 때문이야. 그러니 드라마 속 폭력적인 남자의 모습은 그냥 생각 없이 지나칠 만한 장면이 아니지.

마지막으로 결혼과 임신이야. 종종 드라마에서 남녀 주인공의 완벽한 결합을 암시하는 해피엔딩의 장치로 결혼과 임신 장면이 나오는데 요즘처럼 결혼도 힘들고 애 낳기는 더 힘든 세상에서 얼마나 현실성이 있는지 의심스러워. 우리나라는 여자에게 절대적으로 불리한 나라야. 태어날 때부터 불리해. 온갖 사회 제도가 남자를 중심으로 이루어져 있어. 여자들은 학교에 있을 때 그나마 성적이라는 객관적 지표로 공정하게 경쟁할 수 있지만 사회에 나가면 불합리한 관행과 제도 때문에 좌절할 때가 많지. 결혼을 하면 이러한 문제는 더더욱 커져. 사회생활과 임신, 출산, 육아를 병행하느라 남자들은 상상도 못하는 고통을 겪지. 요즘 젊은 여성들이 결혼과 출산을 점점 기피하는 이유가 바로 여기에 있어.

지금까지 '한국 드라마'에서 볼 수 있는 'K-연애'에 대해서 긴 분량을 할애해 알아봤어. 왜인지 알아? 사랑을 드라마에서 배우지 말라는 말을 하고 싶어서야. 21세기에 진입한 지 한참이나 지났는데도 이런 'K-연애'를 다룬 드라마가 계속 만들어지는 것은 한국 사회에 아직 가부장제와 남아 선호 사상이 굳건한 영향력을 발휘하고 있다는 것을 말해 주지.

누군가를 사랑한다는 것은 고귀하고 소중한 감정이야. 인류가 종을 번식시키고 문명을 지금까지 유지하며 발전시킬 수 있었던 것도 '사랑'이란 감정이 있었기 때문이야. 그런데 학창 시절엔 이 감정을 봉인하도록 요구받지. 좋은 대학교에 들어간 뒤에, 좋은 직장에 취직한 다음에 하라고. 그렇게 분출되는 감정을 억눌렀다가 한 번에 빗장이 풀리니 사건 사고가 많이 일어나기도 해. 그런데 나는 그 이전에 한국 남자, 한국 소년은 누군가를 사랑한다는 감정에 대해 훈련할 기회가 없었다고 봐.

먼저 여성을 바라보는 태도에 대해서 생각해 볼까. 태도는 어떤 상대에게 취하는 나의 사고방식과 행동거지를 말하잖아. 아마 소년에겐 두 가지 정도밖에 없을 거야. '엄마' 아니면 '걸그룹

소녀'. 엄마의 사랑만 담뿍 받고 큰 소년은 어른이 되어서도 '엄마 같은 여자'를 찾다가 연애나 결혼에 실패하는 경우가 많아. TV 화면 속 '걸그룹 미녀'는 언제나 웃고 있고 절대 화내지 않고 순종적이야. 성적인 매력을 물씬 풍기는 의상과 안무를 펼치지만 연애에 관해선 팬들의 사랑이 더 중요하다며 거리를 두지.

이런 캐릭터는 상업적 의도를 가지고 만들어 낸 거야. 여성도 당연히 화를 낼 수 있고, 과격하게 몸을 쓰며 소리를 지를 수도 있어. 기획사가 더 많은 음원 수입과 광고 수입을 위해 만들어 낸 '기획'을 지속적으로 접하다 보면 실제 현실 속 여성과 등치시키는 실수를 하게 돼. 세상에는 아주 다양한 외모와 성격을 가진 여성이 존재해. 그리고 학교 친구, 직장 동료, 엘리베이터에서 가끔 만나는 이웃 등 소년은 여러 곳에서 다양한 관계로 여성을 만나게 될 테지. 그 모든 여성이 소년의 '연애 대상'이 될 리가 없잖아. 그러니 어려서부터 여자들과 자연스럽게 지내면서 여성도 소년과 똑같은 사람임을 인식하는 것이 중요해.

일본 드라마 중에 〈101번째 프로포즈〉라는 연속극이 있었어. 우리나라에서도 리메이크가 되었는데 한 여자를 사랑하는 남자의 순애보를 그린 드라마야. 일본어를 공부할 때 원작을 비디오 테이프로 돌려 가며 재밌게 봤던 기억이 나. 하지만 요즘 다시 보면 그냥 맘 편히 보기는 어려울 것 같아. 누군가를 사랑한다는 것은 매우 고귀한 행위이지만 때론 이 행위가 상대방에게 원치 않는 부담이 될 수도 있고 폭력이 될 수도 있어. 흔히 '열 번 찍어 안 넘어가는 나무 없다.'고들 하지만 사람은 나무가 아니야. 그리고 도끼로 찍다니, 이게 대체 무슨 소리야? 마음이 가지 않는 상대로부터 열렬히 구애를 받는다는 것 자체가 공포가 될 수도 있어. 하지만 남자들은 상대방이 원하지 않는 연속적인 구애를 스스로 순애보로 포장하곤 하지.

싫다는 소리를 들으면 물러나. 그런다고 해서 소년의 존재가 위태로워지는 것도 아니고, 자존감에 상처받을 일은 더더욱 아니며, 다른 소녀에게 접근할 기회 자체가 박탈당하는 것도 아니야. '순순히 물러나기.' 이게 얼마나 대단한 거냐 하면, 싫다고 했더니 순순히 물러나는 남자만 돼도 '멀쩡한 남자 상위 10%' 안에 들 수 있어. 거절 의사를 분명히 했음에도 들러붙고 스토킹에 해꼬지하는 남자들이 워낙 많아서 그냥 뒤돌아서는 것만으로도 역설적으로 '좋은 남자'에 들어가게 되는 거야.

남자와 남자의 우정은 양념 치킨을 먹고 난 뒤에 마시는 콜라 같은 거야. 입 안을 씻어 주면서 시원한 청량감이 있지. 어떤 컵에 담아서 마시느냐 같은 건 생각 안 해도 돼. 그냥 병뚜껑만 열고 벌컥벌컥 마셔도 돼. 반면 남녀의 사랑은 커피와 같아. 커피 맛을 알려면 노력이 필요해. 공부를 해야 돼. 원두에 따라 내리는 방법에 따라, 맛은 물론 향도 달라져. 커피를 담을 잔도 중요하지. 나름의 품격이 있어야 하니까. 또 나중에 알게 되겠지만 식어 버린 커피는 다시 데운다고 해서 예전의 맛이 되돌아오지 않아.

연애라는 것은, 아니 인생 자체가 진짜 커피 맛을 알아가는 과정이라고 보면 될 거야. 어떤 커피는 입에 맞지 않을 수도 있고, 어떤 커피는 잊지 못할 감동을 줄 수도 있지. 누군가를 좋아하는 감정, 그 사람의 얼굴을 떠올리는 것만으로도 심장이 떨리고 나도 모르게 행복한 표정을 짓게 되는 그런 감정 자체를 소중히 여겼으면 해. 그 귀중한 감정이 오염되고 훼손되기 시작하는 것은 상대방에게 같은 감정을 요구할 때야. 우리 그런 잘못을 저지르지 말자. 나에게 맞는 커피가 있듯이 상대방에게도 맞는 커피가 있는 거니까. '서로 다른 커피 취향'을 알아가는 게 사랑을 구성하는 진짜 형식이 아닐까 싶어.

아, 마지막으로 진짜 연애 꿀팁 하나만 말해 줄게. 손을 씻어. 하루에 8번은 씻어. 특히 화장실에 다녀왔을 땐 꼭 씻어. 여자들은 화장실에 다녀왔을 때 손에서 비누 냄새 나는 남자를 좋아해. 진짜야. 첫인상에서 이것만큼 중요한 게 없다고.

07

소년의 우정

사랑과 어깨를 나란히 견줄 수 있는, 돈보다도 소중한 우정.
그런 진짜 우정을 많이 찾기 바랄게.
그런데 아마도 그런 우정을 만들려면 꽤 많은 시간과 노력이 필요할 거야.
세상에 공짜인데 좋기만 한 것은 없거든.

사랑과 우정은 내가 세상을 살아가면서 가장 소중하게 여기는 가치야. 그래서 늘 이 두 가지를 삶의 나침반처럼 활용해. 어떤 결정을 내릴 때면 내가 사랑하는 사람, 그리고 나와 우정을 나누는 이들에게 도움이 되는지, 또는 피해를 입히지는 않는지 되도록 헤아리려고 노력을 해.

앞에서 사랑과 우정을 커피와 콜라에 비유했었지? 양념 치킨을 먹고 콜라를 마실 땐 어떤 잔에 담겨 있든 상관없이 입 안의 기름기를 없애 주는 것만으로도 청량감을 느낄 수 있지만 커피는 그렇지 않다고. 원두의 종류와 내리는 방법뿐만 아니라 커피 잔과 분위기도 중요하다고 말이야. 이렇게만 보면 우정은 사랑에 비해서 만만해 보이지만 꼭 그렇지만도 않아. 돈보다 중요한 건데 설마 만만하겠어?

사랑과 우정은 어떤 점이 다를까? 난 사랑과 우정이 작동하는 시스템이 아예 다르다고 봐. 사랑에는 인간관계에서 두루 쓰이는 '상식'과 '거래'라는 개념이 없어. 그야말로 무규칙과 불규칙의 향연이지. 『춘향전』을 봐. 이몽룡과 성춘향은 한눈에 반해서 정을 통하고 서로의 인생을 걸지. 『로미오와 줄리엣』도 마찬가지고. 텔레비전 드라마나 영화, 아니 현실에서도 직업이나 처지가 판이하게 다른 사람들이 사랑에 빠져서 다른 사람들이 봤을 땐 도저히 이해할 수 없는 인연이 만들어지거든.

두 사람이 사랑에 빠지는 것은 벼락이 떨어지듯이 찰나의 순간에 이루어질 수도 있고, 오랜 시간 만남과 헤어짐을 반복하면서 이루어지기도 해. 내 주변에서 알콩달콩 연인 관계를 이어 나가고 있는 이들에게 뭐가 그리 좋으냐고 물어보면 열이면 일고여덟은 확실하게 대답을 못해. "그냥 좋아서."라고 대답하는 이들이 대부분이야. 그냥 좋아서, 그저 보기만 해도 좋아서 같이 밥을 먹고 잠을 자며 여행을 다니지.

반면 우정에는 시스템이 있어. 상식과 거래를 바탕으로 작동하지. 난 격투기 해설 위원 일도 하고 있는데 각 단체마다 룰이 조금씩 달라. 최홍만 선수가 활약했던 'K-1' 같은 경우는 입식 격투기라고 해서 두 다리로 서 있는 상태에서 상대 선수를 발로 차거나 주먹으로 칠 수는 있지만 허리 아래나 누워 있는 상대를 공격할 수는 없어. 하지만 김동현, 추성훈 선수로 잘 알려진 'UFC'는 종합 격투기라고 해서 누워 있는 상대를 타격하는 것은 물론 팔을 꺾고 목을 조르는 공격도 가능하지. 같은 종합 격투기라고 해도 국내 단체 '로드FC'는 팔꿈치 공격을 금지하고 있어. 출혈 가능성이 높기 때문이야. 선수들은 이런 룰을 숙지한 상태에서 경기에 나서. '오늘 입식 격투기 경기를 펼치니까 누워 있는 상대를 공격하면 안 되겠네.'라고 염두에 두고 시합을 하는 거지. 이건 상식이야.

우정에도 이런 상식이 필요해. 내가 친구를 위해서 무언가를 베풀었는데 친구는 전혀 고마워하지 않는 거야. 그 친구 입장에선 당연한 대우를 받았을 뿐이고 따로 고마움을 표현하지 않아도 된다고 생각한 것이겠지. 반대의 경우도 있을 거야. 이건 우정에 대한 '상식'이 서로 다르기 때문이야. 이런 경우에는 더 여리고, 더 착한 사람이 뒷수습을 하며 힘들어 하는 형태로 정리될 때가 많아. 그러니 상식의 폭과 깊이가 비슷한 사람들끼리 만나는 게 제일 좋아. 그래야만 누군가 한쪽이 일방적으로 희생하는 일이 없거든.

또한 우정에는 '거래'가 있어야 해. 프로레슬링은 다른 격투기와는 다르게 시합의 진행을 위해서 상대방이 기술을 걸면 받아주는데 이걸 '접수'라고 해. 상대방의 목을 겨드랑이에 끼고 허리춤을 잡아 수직으로 들어올려서 뒤로 넘어지면서 떨어뜨리는

'스플렉스' 같은 기술에는 선수 간의 신뢰가 절대적으로 필요하지. 기술을 건 사람은 상대방의 몸체를 컨트롤하면서 등으로 떨어질 수 있도록 해야 해. 자칫 실수로 뒤통수부터 떨어지거나 하면 엄청난 부상을 입을 수도, 생명이 위태로워질 수도 있어. 기술을 받아 주는 사람도 일단 제대로 그립을 내준 상태라면 두 발로 뛰어서 기술을 좀 더 쉽게 걸 수 있도록 협조해야 해. 안 그랬다간 땀을 뻘뻘 흘리는 덩치들이 엉켜 붙은 상태에서 주저앉는 민망한 모습을 관객들에게 보이고 말 테니까. 기술을 건 사람은 상대방에게 충격은 주되 목숨을 지켜야 할 의무가 있는 것이고, 기술을 받아 주는 사람은 상대방을 믿고 몸을 맡기는 거야. 그래서 레슬러들은 '노 사이드(No Side)'라고 일단 경기가 끝나면 모두 친구가 되지. 서로에게 목숨을 맡기며 싸웠던 약 15분 간의 경기를 통해서 승패를 떠나 우정이 생기는 거야.

소년에게도 친구가 있겠지? 가끔은 생각을 해 봤으면 좋겠어. 정말로 그 친구와 비슷한 수준의 상식을 함께 나누며 신뢰를 바탕으로 한 거래가 이루어지는 사이인지 말이야. 아주 가끔은 신뢰라는 요소를 '나쁜 짓'으로 오해하는 경우도 있어. 잘못을 눈감아 주고 모른 척해 주는 걸 신뢰라고 오해하는데, 그건 같이 잘못을 저지른 공범이라서 그렇거나 아니면 상식의 기준이 다르기 때문에 휘둘리는 것일 수도 있어. 특히 교실이라는 생태계에서 상위 포식자로 분류되는 소년들 중에는 교묘하게 동료 의식이라는 걸 이용해서 착취를 하는 녀석들도 있어. 친구라고 생각했지만 실상은 돈, 음식, 심부름, 패킷 데이터를 상납하는 존재에 불과한 거지.

지금 당장 어떤 관계에 대한 설정을 바꾸라는 건 아니야. 지금 상황에 대해 계속 의문을 가져 보고 고민을 해 보라는 거지. 우정이라고 착각한 불평등한 관계가 계속 지속되다 보면 상처 입는 쪽은 착하고 연약한 쪽이거든.

우정에서 가장 중요한 것은, 아니 그 어떤 인간관계에서 가장 중요한 것은 '자기 자신'이야. 자신의 존엄과 자존을 지키고 보장받을 수 있느냐를 가장 먼저 생각해야 해. 소년 시절에 이런 감각이 무뎌지면 청년이 되고 노년이 되어도 다시 찾기 힘들어. 온전한 자신을 지켜내지 못하면 권력과 돈을 가진 어떤 존재에게 모든 것을 의존하고 비굴하게 살 수도 있어. 실제로 이렇게 살고 있는 어른들이 꽤 있지.

사랑과 어깨를 나란히 견줄 수 있는, 돈보다도 소중한 우정. 그런 진짜 우정을 많이 찾기 바랄게. 그런데 아마도 그런 우정을 만들려면 꽤 많은 시간과 노력이 필요할 거야. 세상에 공짜인데 좋기만 한 것은 없거든.

소년과 부모

자기 선택대로 자기 인생을 살고 싶다면
독립된 개체라는 걸 스스로 증명해야 해.
니 밥은 니가 해 먹고, 니 방은 니가 치워. 니 옷도 니가 세탁해.
자기 앞가림은 자기가 하라고.

난 주민등록증 생일과 실제 생일이 3개월 정도 차이가 나. 왜냐하면 나에게도 나름의 탄생 설화가 있기 때문이야. 궁금하지? 알려 줄게.

지금으로부터 50년 전 이야기야. 아버지는 청주, 어머니는 괴산이 고향인데 어머니가 고등학교 때 청주로 잠깐 이사를 오셨대. 이때 대학생이던 아버지를 과외 선생님으로 만났는데, 하라는 공부는 안 하고 두 분은 사랑에 빠진 거야. 아버지가 군대 간 3년을 포함해서 7년 동안 연애를 하셨대. 일대 사건이 터진 건 아버지가 대학 4학년이던 어느 여름날이야. 두 분은 시원하게 맥주 한 잔을 하시고는, 그 다음은 말 안 할게. 자, 그리고 열 달 뒤에 내가 태어났어.

두 분은 어찌되었냐고? 그 시절에 속도 위반을 축복해 주는 분위기가 있을 리 만무하잖아? 두 분은 바로 집에서 쫓겨났지. 서울 구로 쪽에 임시 거처를 잡았다가 친척이 있는 송탄으로 다시 거처를 옮긴 거야. 젖먹이인 나를 품에 안고 말이지. 갓난아기 때의 나는 저체중에 호흡도 약한 편이어서 의사가 오래 못 살 수도 있다고 했대. 가족들의 축복 속에 태어난 생명도 아니었으니 많이 막막하셨을 거야. 그래서 일단은 출생 신고를 하지 않았대.

쪼그맣게 태어나서였는지 몰라도 초등학교 저학년 때는 반에서 5번 정도였어. 한 반에 학생 수가 80명일 때였으니까 내가 얼마나 작았는지 알겠지? 그러다 초등학교 고학년이 되면서 점차 거대화되어(?) 이렇게 되고 말았지.

"우리를 길러 낸 정액 한 방울이 조상의 몸 형태뿐 아니라 생각과 성격까지도 다 담고 있다는 것은 얼마나 경이로운 일인가. 그 한 방울 액체 속 어디에 이 무한한 형태가 모두 담겨 있는가? 부주의하고 불규칙한 과정을 거치면서도 유사성이 계승되어, 증손자는 증조부와 같고 조카는 삼촌과 같아지는 것은 또 어찌 된 일인가?"

『수상록』으로 유명한 16세기 프랑스 철학자 몽테뉴가 유전의 경이로움을 이야기한 대목이야. 유전은 물려주는 쪽과 물려받는 쪽이 있어야 해. 우린 우리 부모로부터, 부모는 그 윗 세대에게 물려받는 거지. 특정 형질을 전달하기 위해선 물론 생명도 있어야 해. 그러니 모든 부모는 모든 자식의 시작인 셈이야. 부모가 없었다면 자식은 있을 수가 없어.

그러면 너희는 이렇게 말하겠지? "아아, 알겠어요. 그러니까 아버지가 날 낳으시고 어머니가 날 기르셨으니 존경하고 공경하고 효도하라 그런 이야기 하시려는 거잖아요. 칫." 음, 조금만 기다려 줄래? 내 이야기 아직 안 끝났으니까.

부모는 자식의 시작, 즉 시원이야. 생명의 원점이지. 그리고 모든 '잘못'의 시작이기도 해. 지금 소년이 겪고 있는 고통과 후회의 시원이기도 해. 지금 힘들어? 부모가 문제의 시작이야. 지금 괴로워? 부모가 문제의 시작이라고. 왜 그런지 이야기해 줄게.

먼저 소년은(나를 포함해서) 부모가 어떤 확실한 의도와 목적을 가지고 이 세상에 내보낸 게 아니야. 사랑했고 결혼했으니 남들 다 하는 것처럼 아이를 낳아서 키우려고 했던 거지. 그러면서 생각했겠지. '운동을 잘하면 운동선수, 노래를 잘하면 가수, 공부를 잘하면 판사를 시켜야겠지.' 세상에나. 조그만 골목길에서 가게 하나를 내려고 해도 몇 날 며칠 몇 달을 고민하고, 정보를 수집하고, 사람들을 만나야 하는데 "자기 밥그릇은 자기가 들고 태어난다."는 말이나 믿으면서 무책임하게 자식을 세상에 내놓은 거야. 밥그릇을 들고 태어나는 건 맞아. 다만 수저가 흙수저라는 게 문제인 거지.

생명을 잉태하는 것도 대책 없이 했는데, 육아는 제대로 했을

까? 자식의 이유 없이 비뚤어진 심성, 금세 포기하는 태도, 이런 것들은 미숙한 부모가 제대로 된 육아를 하지 못했기 때문이야. 부모는 자기 자신을 '자식의 인생 오답 노트'라고 생각해. 부서진 꿈, 복잡해진 인생 항로, 쪼그라든 은행 잔고가 빼곡히 기록된 오답 노트. 그래서 자식은 그런 실수를 하지 말길 바라며 '정답'만을 강요하지. 자식이 스스로 자기 인생의 핸들을 잡으려고 하면 뒷자리에서 뒤통수를 치면서 "직진하라고!" 하며 소리 치는 거야. 이런 걸 반복하다 보면 자식은 스스로 하는 일에 흥미를 잃어버리고 그냥 시키는 대로 하면서 뭐든 쉽게 포기하게 되는 거야.

부모에게도 나름의 이유는 있어. 몽테뉴가 이야기한 '유전' 때문이야. 비슷한 눈썹의 색깔과 위치, 목의 주름, 빼다 박은 듯한 코 모양. 외모는 물론 밥 먹을 때의 습관, 좋아하는 색깔까지. 같은 유전자 풀을 공유했기에 생겨나는 유사점이 엄청나게 많아. 그러니 더더욱 자신과 같은 실수를 안 했으면 하는 바람 때문에 성숙해 가는 인격체라면 응당 할 수 있는 선택의 기회마저 봉쇄해 버리고 아예 독립된 존재로 보지 않는 거야. 사랑이란 이름으로, 부모란 자격으로 말이지.

소년이 어른이 되기 위해선, 부모라는 존재의 잘못을 인식함과 동시에 이해를 해야 해. 우리 부모님이 날 낳으셨을 때 두 분 나이가 스물일곱, 스물다섯이었어. 그 나이에 부모가 된 그들이, 어떤 선택에 대해서 여유 있게 생각할 틈이 있었을까? 그런데 서른일곱이 되면 여유가 있을까? 마흔일곱이라면? 아니야. 부모가 된다는 것은 나이와 관계없이 너무나 힘들고 가혹한 이벤트야. 그 앞에선 그 어떤 초인이라도 자신이 질 수 있는 무게 이상의 고통에 무릎을 꿇곤 해. 부모를 원망해도 돼. 하지만 이거 하나만 기억해. 그래도 포기하지 않고 무릎을 질질 끌면서라도 여기까지 온 것 또한 부모라고.

더 큰 문제는 부모가 아니라 소년, 바로 자네가 성인으로 성장했을 때야. 지금처럼 부모의 절대적인 영향권에 있으면서 스스로 생각하고 결정할 기회를 얻지 못하다 보니 그 기능 자체가 퇴화되는 거야. 일종의 용불용설이라고나 할까. 하나부터 열까지 관여를 허용하다 보면 어느새 사랑해서 결혼할 여자는 물론 신혼집 냉장고 종류까지 골라 주는 대로 따라가게 돼. 뒤늦게 철들고 보니 자기가 직접 선택한 것은 샤오미 보조 배터리와 양말 정도뿐. '인생은 선택의 총합'이라고 이야기하는데 자신의 선택이 없는 인생이 어떻게 내 것이 될 수 있겠어. 이런 걸 자각할 즈음엔 부모는 이 세상에 없고, 늙어 가는 자신의 육신만 남는 거야.

　부모와의 대립? 꿈 깨. 지금 이 상태론 넌 부모를 못 이겨. 소년이 이제 막 프로 리그에 뛰어든 신인 격투기 선수라면 부모는 상위 랭킹까지는 아니지만 어쨌든 UFC까지 뛰어 본 베테랑이야. 어쭙잖은 잔펀치로 쓰러지지 않아. 그러니 자기 선택대로 자기 인생을 살고 싶다면 독립된 개체라는 걸 스스로 증명해야 해. 니 밥은 니가 해 먹고, 니 방은 니가 치워. 니 옷도 니가 세탁해. 자기 앞가림은 자기가 하라고. 부모가 해 주는 '서비스'는 다 받으면서 '독립'을 외치는 프리라이더. 이게 말이 된다고 생각해? 꼭 해야 될 일과 하지 않아도 될 일을 나누고 전자에 속한 것은 어떤 형태로든 결과로 만들어 내. 공부가 싫다면 어디에 인생을 걸 건지, 어떤 미래를 생각하고 있는지, 책을 펼치든 누군가를 찾아가든 어떻게 해서든 생각을 깊이 하면서 답을 내려고 노력하는 모습을 보여.

　이런 고민은 대학 가서, 사회 나가서 하는 거라고? 아니, 절대 그렇지 않아. 바로 지금 소년 자신의 인생에 대해서 고민하지 않으면 발사 위치가 잘못된 로켓처럼 모든 게 꼬여 버리게 돼. 연료의 대부분을 대기권까지 올라가는 데 다 쓰고 포물선을 그리면서 낙하를 시작할 때가 되어서야 아는 거지. 아, 잘못됐구나. 그러나 그때가 되면 연료도 다 썼고 시간도 없어. 그러니 처절하게 고민하고 노력하라고. 그런 모습을 부모에게 보이라고. 그렇게 독립된 인격체로서의 존재감을 드러내면서 너의 선택권을 쟁취해 내는 거야.

소년, 너는 동물로 태어났어. 세상 이치를 하나도 모르는 그저 먹고 싸는 동물로 태어나서 이제 사람이 되는 단계에 온 거야. 자신이 어떤 사람인지, 무엇을 원하는지, 또 그것을 이루고 책임지기 위해 어떤 노력을 해야 하는지 아는 독립된 인격체가 되는 거야. 네가 네 자신이 될 기회, 지금 이 기회를 놓치지 마.

09

소년의 눈물

소년이여, 울어. 더 많이 울어. 눈물 흘려. 더 많이 흘려.
우는 건 어쩐지 쪽팔린다고?
자기 자신을 동정하지 못하는 사람은 타인을 동정할 수도 없어.
슬픔을 느낀다는 것, 운다는 것은 결코 나약함의 표시가 아니야.

"남자는 태어나서 세 번 운다."는 말은 들어 봤지? 그러면 정확히 언제 세 번 울까? 내가 알기론 '태어날 때, 부모님이 돌아가셨을 때, 나라가 위기에 빠졌을 때'야. 충효사상을 전면에 내세우는 느낌이 강하지? 일본에도 고전 문학의 한 형태로 내려오는 '라쿠고' 중에 "남자는 인생에서 세 번만 울어야 한다.(男は人生で三度しかないてはいけない)"라는 구절이 있어. 일본 버전은 '태어났을 때, 부모님이 돌아가셨을 때, 지갑을 잃어버렸을 때'라는데 마지막 문장은 반전을 통해서 웃음을 유도하는 거야. 이 '남자는 세 번 운다.'라는 말은 일본에서 우리나라에 들어왔다가 군사 정권을 거치면서 한국식으로 바뀐 게 아닐까 싶어.

남자는 왜 울어서는 안 될까? 남자의 울음에 대해서 비판적으로 바라보는 시각은 동서고금 어디에나 항상 존재했어. 길 가다가 돌부리에 발이 걸려 넘어져 너무 아파서 울어도, 시험을 봤는데 성적이 형편없어서 훌쩍거려도, 군대 영장을 받은 날 엄마품에서 흑흑대도, 취업 시험에 떨어지거나 실연당해 울어도 "사

99

내자식이 왜 울고 그래?"라는 소리를 듣게 되지. 참 이상하지 않아? 남자도 사람인데 왜 자기 감정을 표현하면 안 되지? 누군가에게 피해를 주는 것도 아닌데 왜 울면 안 되는 걸까? 왜 소년에게 울지 말라고 하는 걸까?

난 이걸 기득권이라는 시스템 내의 자원 운영과 관리라는 측면으로 보고 있어. 한마디로 효율 때문이지. 남자는 가장 훌륭한 자산이야. 정확히 말하면 노동과 전투를 행할 가장 훌륭한 자원이지. 스타크래프트를 보면 여러 유닛이 있는데 각각 자원 채굴과 전투 등을 담당하잖아. 지금은 과학 기술의 발달로 근육량의 많고 적음에 따른 남녀 업무량의 차이가 없다고 할 수 있지만 이런 경향이 나타난 것은 길게 잡아 봤자 100년도 안 될 거야. 과거에는 여성들이 사회에 진출하는 것 자체를 사회적, 법적으로 막고 있었으니까.

과거에 근육량이 많은 남자는 훌륭한 일꾼이자 전투병이었고, 이들을 효과적으로 다루기 위해서는 감정이 되도록 배제된 편이 기득권 입장에서 더 편리했을 거야. 생각해 봐. 기계가 감정을 느낀다면 사용자 입장에선 얼마나 불편하겠어. 자동차를 타고 운전을 하는데 기분이 안 좋다고 쉬자고 하거나, 내가 가려는 길이 맘에 안 든다고 한다면 당황스럽겠지. 그래서 고대 왕조부터 현대의 군사 정권까지 권력을 가진 이들은 남자의 자연스러운 감정 발산을 억제하는 정책을 펴 왔어. 그래야만 높은 효율을 유지할 수 있었으니까.

영화 〈이퀼리브리엄〉에는 리브리아라는 미래 국가가 나와. 이 국가의 지도자는 3차 세계 대전을 통해 인류의 절반이 죽는 것을 목격한 후 전쟁의 원인이 인간의 감정 때문이라는 결론을 내려. 그래서 국민들에게 강제로 감정을 억제하는 약물인 프로지움을 주사하는 법을 만들지. 감정이 억제된 이들은 싸우지 않아. 다툼이 없어. 오직 이성과 논리로 판단하고 움직이기 때문에 인간과 인간 사이에 충돌이 생기지 않아. 덕분에 평화롭고 안전한 사회를 유지하지. 그러나 시를 읽으면서 봄바람의 여운을 느끼는 것, 노래를 들으며 즐거움에 춤을 추는 것, 가족과 함께 맛난 음식을 먹으며 건배를 하는 것도 이 나라에선 사형이지. 이렇게 사는 사람들이 행복할까? 행복하다는 감정을 느끼는 것조차 불법인데? 철저히 통제된 시스템에서 득을 보는 것은 이 나라의 최정점에 있는 독재자 한 명뿐이야.

영화라서 다소 과장된 면이 없지 않겠지만 실제로 세계 역사를 살펴보면 절대 권력을 쥔 이들은 국민들이 더 똑똑해지거나 감정적으로 고양되는 것을 싫어했어. 검열을 통해 가위질을 하고 사상을 통제하려고 했지.

"눈물은 슬픔의 소리 없는 언어다." 프랑스 작가 볼테르가 한 말이야. 기본적으로 눈물은 슬픔을 표현하는 수단이고, 이 슬픔 은 생산 수단이자 전투 무기인 남자에겐 불필요한 감정이지. 오 늘날까지 사회는 남자의 눈물을 매우 터부시하고 있어.

사람은 감정의 동물이야. 심지어 최근 정신의학자들의 분석 에 따르면 무뚝뚝한 사람들도 감정적인 거래. 무뚝뚝한 사람들 은 자신의 감정을 드러내는 게 두려워서 일부러 냉철하게 보이 기를 원한대. 감정을 드러내길 두려워하는 것이야말로 감정적인 거지.

소년이 더 많은 감정을 느끼고, 표현하고, 특히 슬픔도 두려워 하지 않았으면 해. 슬픔은 고통과 자기 위안의 서사를 가지고 있 어서 이걸 억지로 막아 두면 결국 고장 날 수밖에 없어. 당장은 아니어도 수년 후, 아니 수십 년 후 묵히고 묵혀 놨던, 켜켜이 쌓 였던 감정의 먼지들이 습기까지 머금은 채 단단해지면 아예 털 어 버리지 못할 수도 있어.

나는 키도 크고 덩치도 큰 헤비급 프로레슬러야. 아마 내 또래 에서 '전투력'으로 치자면 상위 몇 % 안에는 들어갈 거야. 그렇 다고 내가 슬픈 일이 없을까? 당연히 있어. 슬플 땐 나도 울어.

102

감정을 솔직하게 드러내는 과정을 통해서 나 자신을 다시 직시하곤 해. '아, 내가 이런 부분에서 힘들어하는구나.' 하고 말이지. 그리고 나면 눈물과 함께 슬픈 감정이 씻겨 내려가서 마음이 차분해지지. 또 슬픔이 남아 있더라도 상황을 어떻게 해결해야 할지, 또는 다음번에는 어떻게 대처해야 할지 등을 생각할 만한 여유도 되찾을 수 있어.

　소년이여, 울어도 돼. 더 많이 울어. 눈물을 흘려도 돼. 더 많이 흘려. 우는 건 어쩐지 쪽팔리다고? 그렇다면 울고 싶을 때 아무도 모르게 방문을 잠그고 울어. 이불을 뒤집어쓰고 울어. 소년의 시기에 이런 슬픔의 감정을 의도적으로 막아 놓는 것은 좋지 않아. 자기 자신을 동정하지 못하는 사람은 타인을 동정할 수도 없어. 타인의 고통을 이해 못하거나 타인에게 고통을 전가하는 사람이 될 수도 있어. 슬픔을 느낀다는 것, 운다는 것은 결코 나약함의 표시가 아니야.

　아, 그리고 정말 너를 힘들게 하고 괴롭히고 아프게 한 놈이 있다면, 그놈 때문에 도저히 견딜 수 없다면 엉엉, 꺼이꺼이 울어. 단 그놈의 이름은 스마트폰 메모장에 적어 두고 절대 잊지 마. 어떤 식으로 복수할지 선택하는 건 자유야. 하지만 절대 잊지 마.

소년의 독서

**책은 작가가 만들어 놓은 하나의 커다란 테마파크라고 할 수 있어.
어떤 기구에서는 높은 곳에서 아래로 급강하는 쾌감을,
어떤 기구에서는 물 위를 가로지르며 속도감과 함께 청량감을 느낄 수 있지.**

책. 이 한 음절 단어를 눈으로 보거나 귀로 듣는 순간 얼굴 표정을 찡그리는 소년들이 있을 거야. 책을 많이 읽어야 공부를 잘한다거나 성공한다는 뻔한 이야기를 숱하게 들었겠지. 책이 좋다는 걸 모르는 사람이 있을까. 하지만 막상 눈앞에 검은색 활자가 가득한 책이 놓이면 숨이 턱턱 막히고, 몇 페이지 간신히 읽어 내려 가지만 이내 지루함의 바다에 빠져서 허우적거리는 자신을 발견하게 되지. 게다가 물은 차갑고 수심도 깊어. 그저 빨리 나가고 싶을 뿐이야.

단언컨대, 이건 너희의 잘못이 아니야. 일단 어른들의 잘못이커. 단시간 내에 목표한 방향으로 끌고 나가려고 하다 보니 강압적으로 독서를 강요하지. 게다가 읽어야 할 책을 정해 주고서 숙제로 독후감까지 써 오래. 말로는 '자유롭게, 느낀 대로' 써 오라고 하지만 어디 그게 쉽나. 위인전 같은 걸 읽고 본받을 점, 배울점을 줄줄이 써 가야 점수를 받을 수 있으니까. 사실상 사상 검열이었던 거지. 내게도 이 '독후감 쓰기'는 정말 곤혹스러운 작업이었어. 재미없고 따분한 책이라도 어떻게 꾸역꾸역 읽어 나갈 순 있었지만 정해진 형식과 내용대로 독후감을 쓰는 건 정말 귀찮음을 넘어서 짜증 나는 일이었거든. 요즘은 많이 바뀌었다고 하지만 어디나 성질 급한 어른들은 있기 마련이고, 그 어른들이 부리는 강짜 때문에 많은 소년들이 '독서의 즐거움'을 제대로 느끼지 못하고 있을 테지.

다시 말하지만 이건 너희의 잘못이 아니야. 책은 눈으로 먹는 건강식품이야. 등 푸른 생선, 블루베리, 브로콜리, 닭 가슴살처럼 적정량을 섭취하면 몸에 더할 나위 없이 좋아. 그런데 많은 어른들이 이 '기능'만을 너무 강조한 나머지 너희의 취향, 의향은 묻지도 않은 채 입을 억지로 벌리고 집어넣으려고 하다 보니까 원래 없던 거부 반응이 생긴 거야. 아니, 몸에 좋은 건 알겠어.

108

하지만 사람마다 입맛은 다 다른 법이고, 또 같은 재료라고 하더

라도 요리법에 따라서 맛이 천차만별인데 말이지. 그래도 어느 프로레슬러가 쓴 이 책을 읽고 있는 너희는 책에 대한 미각이 아직 살아 있는 소년들이겠지. 그 점에 대해서 정말 고마워. 그래도 혹시나 강압적인 상황(?)에서 이 글을 접할 소년들을 위해 책을 읽는 즐거움, 독서의 즐거움을 느끼는

방법에 대해서 말해 볼게.

첫 번째, 무조건 아무거나 읽어 보기

말 그대로야. 지금 눈앞에 보이는 책 아무거나 잡아서 읽어 봐. 시, 소설, 과학, 경제, 미술 어떤 분야라도 좋아. 그림책도 좋고, 그래픽 노블도 괜찮아. 생각보다 사람들은 자기 취향에 대해서 잘 모르는 경우가 많아. 문화 콘텐츠를 즐길 만한 여유 시간이 워낙 없다 보니 짧은 시간에 최대한의 즐거움을 느낄 수 있는 쪽을 선택하지. 그러다 보면 이미 만족을 경험한 쪽으로 점차 선택이 반복되는 경우가 많아. 이렇게 끌리는 대로 이것저것 아무거나 읽다 보면 지금까지 몰랐던 진짜 자기 취향을 알게 되고, 독서의 범위도 넓어질 거야. 나도 얼마 전 부산에 여행을 갔다가 보수동 책방 골목에서 허수경 시인의 시집을 기념 삼아 샀는데, 상경하는 기차에서 몇 번을 읽었는지 몰라. 요즘은 아예 모임에서 몇 작품을 뽑아서 낭독까지 자처한다고. 눈물을 흘릴 때도 있다는 건 우리 소년들에게만 살짝 이야기하는 비밀. 쉿!

109

두 번째, 도서관에 자주 가기

다양한 장르의 책을 접하는 가장 좋은 방법은 역시 도서관이지. 도서관에는 정말 좋은 책이 많이 있어. 게다가 더욱 놀라운 것은 모두 무료라는 거야. 바로 앞 단락에서 이야기한 '무조건 아무거나 읽기' 신공을 직접 행동으로 옮기기에 최적의 장소야. 그리고 여기서 일하는 사서는 책을 고르고 추천하는 데 있어서 최고의 전문가야. 이분들에게 읽고 싶은 분야에 대한 책을 추천 받는다면 시간 낭비는 없을 거야. 또한 도서관에서는 매달 다양한 행사를 해. 저자와의 만남, 특강, 세미나, 상영회 등 알짜배기 정보가 가득해. 비용도 무료 또는 저렴한 수준이니까 소년들도 부담이 없을 거야.

세 번째, 영화와 원작을 같이 보기

상당수의 영화는 책으로 된 원작이 있어. 텍스트를 통해서 평단과 독자의 검증을 거친 작품이 영상으로 만들어지는 경우가 상당히 많지. 굉장히 안전하니까. 만약 영화를 먼저 접했는데 괜찮았다면 책을 구해서 읽어 봐. 책이 먼저고 영화가 나중이라도 상관없어. 하나의 콘텐츠가 미디어에 따라서 어떻게 변하는지 살펴보는 것도 재미있을 거야. 영상에선 단 몇 초 동안 주름진 얼굴 표정으로 끝난 등장인물의 심리 묘사가 책에선 여러 페이지에 걸쳐서 표현되기도 하지. 또는 책을 읽으면서 내 머리로 상상했던 풍경보다 영상으로 그려 낸 것들이 좀 약해 보였다든지 등등 여러 측면에서 비교하며 보는 재미가 쏠쏠할 거야.

110

네 번째, 냉온탕 또는 짬짜면 전략

정말 읽고 싶은 마음이 들지 않지만 시험이라든가 기타 여러 이유가 있어서 꼭 읽어야만 할 때 이런 방법을 써 봐. 먼저 스마트폰 알람을 15분마다 울리게 해 놔. 요즘 보면 요 길이 정도의 분량 안에서 각종 정보를 다루는 강의 동영상이 큰 인기인데 인간이 스트레스 없이 집중할 수 있는 시간이 15분 남짓이라고 해. 그리고 만화책도 상관없으니까 정말 좋아하는 책, 읽고 싶은 책을 준비하는 거야. 그리고 15분마다 울리는 알람에 맞춰서 책을 바꿔 가면서 읽는 거지. 단순하지만 생각보다 효과가 좋아. 몇 번을 번갈아 읽다 보면 읽기 싫었던 책도 꽤 진도를 나갈 수 있고 그러다 보면 그리 어렵지 않게 완주까지도 할 수 있어.

다섯 번째, 정말 좋아하는 부분 필사하기 또는 사진 찍어 두기

책을 읽다 보면 '야, 이 부분 정말 끝내준다.' 하는 부분이 있을 거야. 그럼 당장 수첩을 꺼내서 필사를 하는 거야. 그냥 눈으로 읽었을 때와 내 손으로 쓴 글씨로 읽었을 때는 느낌이 완전히 달라. 정말 달라. 또 이런 것들을 잘 모아 놓으면 그 나름대로 아주 훌륭한 명문장 모음집, 명언집이 완성되는 거야. 만약 귀찮다면 스마트폰으로 찍어 놓기라도 해. 그냥 막 찍어 두면 다른 사진 속에 묻혀서 나중에 찾을 수 없으니까 에버노트, 원노트 같은 메모앱을 이용하거나 최소한 사진 보관함에 따로 폴더라도 만들어서 저장해 두면 다시 읽어 보는 데 도움이 될 거야.

여기서 소년들이 책을 읽어야 하는 중요한 이유 한 가지를 말해 줄게. 독서 인구로 보면 여성이 남성의 두 배가 된다고 해. 각종 시험에서 여성이 상위를 차지하고 있는 건 이미 뉴스거리가 되지도 않아. 대한민국은 남녀차별이라는 부조리함이 아직 존재하고 '남성'이라는 것도 하나의 스펙으로 치는 사회이기 때문에 여성들은 더 열심히 읽고 쓰고 공부한 거야. 그런데 사회에 진출해서도 여성들은 많은 차별을 받아. 세계경제포럼(WEF)의 2016년 보고서에 따르면 남성 대비 여성의 임금 수준은 아이슬란드 87%, 프랑스 72%, 미국 65%인데 한국은 52%야. 더 좋은 성적으로 회사에 들어갔는데도 임금은 절반밖에 못 받는 거지. 미국의 오바마 대통령이 유엔 연설에서 '한 국가가 성공을 거둘지 가늠하는 가장 좋은 척도는 여성을 대하는 방식'이라고 이야기했어. 별다른 성장 동력이 없는 우리나라는 더 많은 여성이 사회에 진출해 성별로 차별받지 않고 동등한 대우를 받는 것 외엔 다른 발전 수단이 없어. 그리고 그렇게 되어야만 해. 따라서 소년들이 사회에 진출할 즈음엔 하고 싶은 일을 하기 위해서 더 격렬한 경쟁을 거쳐야 할 거야. 그러니까 책을 읽어. 너희들의 못난 형들이 누려 왔던 '남성'이라는 특혜를 앞으로는 누리기 힘들 거야.

책은 작가가 만들어 놓은 하나의 커다란 테마파크라고 할 수 있어. 먼저 일정한 비용을 내고 입구에 들어서면 순서대로 따라가는 게 제일 좋아. 때에 따라서는 먼저 타고 싶은 놀이 기구부터 공략해도 큰 문제는 없어. 어떤 기구에서는 높은 곳에서 아래로 급강하하는 쾌감을, 어떤 기구에서는 물 위를 가로지르며 속도감과 함께 청량감을 느낄 수 있어. 기구마다 각각 다른 재미가 있지. 책이라는 테마파크에서는 아무리 놀러 다녀도 추가 요금을 내지 않아도 되고 이용 시간 제한도 없어. 그것뿐만이 아니라 자기 생각을 잘 정리하게 되고 말을 잘하게 되는데 이건 나중에 돈을 벌거나 사람을 사귀는 데도 크게 도움이 된다고. 아무튼 김남훈이라는 소규모 테마파크까지 일부러 찾아와 준 거 정말로 고맙고, 이제 아저씨네 말고 다른 데도 함 가 보는 건 어때? 응원할게. 혹시라도 재미없으면 '냉온탕 전략' 알지?

113

소년의 공부

원레 공부라는 건 자기 자신을 위해서 하는 거야.
내가 내 삶을 살아가는 데 있어서
어떤 태도와 자세로 임해야 하는지 알아보는 것이
공부의 궁극적인 목표야.

"원균이 누구에요? 유명한 사람이에요? 이순신은 아는데."

내 귀를 의심할 수밖에 없었어. 이 말을 한 사람은 아주 유명한 연예인이거든. 일찍부터 자기 분야에서 재능을 인정받아 두터운 팬 층을 갖고 있는 사람이야. 텔레비전, 연극, 영화를 넘나들면서 다재다능한 매력을 맘껏 뽐내며 꽤 오랫동안 기복 없이 꾸준한 활동을 하고 있어. 그와 함께 모 협회가 주최한 세미나의 막간 토크쇼 사회를 맡게 되었어. 이런저런 이야기를 나누다가 당시 큰 인기를 끌었던 영화 〈명량〉이 주제에 올라서 이순신과 원균에 대해 한참 떠드는데 저런 반응이 나왔던 거지. 대기실에서 머리를 말아 주던 코디, 파운데이션을 발라 주던 메이크업 아티스트 등 다들 공인 인증서 암호를 다섯 번 모두 틀린 듯한 뜨악한 표정이었는데, 애써 모르는 척 넘어가느라 잠깐 어색한 분위기가 연출되기도 했어.

조금 당황스럽긴 했지만 이해가 될 만도 했어. 그는 고등학교 다닐 때 일찌감치 자신의 재능을 발견했고, 프로 데뷔를 위해 학

117

교보다는 연습실에서 더 많은 시간을 보냈을 테니까. 그런데 이 것뿐만이 아니었어. 대본에 적혀 있는 아주 간단한 영어, 예를 들면 'Bon Jovi의 〈You Give Love A Bad Name〉' 같은 걸 읽지 못하는 거야. 발음이 이상했냐고? 아니, 발음 문제가 아니라 정 말로 읽지를 못하더라고. 알파벳을 알긴 알지만 두 글자 이상 뭉 쳐 있을 땐 어떻게 해야 하는지 모르는 것 같았어. 옆에 있던 매 니저가 이미 자기는 익숙하다는 듯이 한글로 대본 위에 써 주더 라고.

몇 가지 '정보'를 모른다고 해서 그가 갖고 있는 재능에 금이 가거나 인격에 문제가 있는 것은 아니야. 하지만 토크쇼가 시작 되자 '상식'에 속하는 내용들을 모르니까 연예계 뒷이야기로 어 물쩍 넘어가는 등 역시나 제대로 진행이 되지 않았어. 아마 이건 그의 매니지먼트 측이 잘못한 것일 수도 있어. 소속 연예인과 맞 는 행사인지 미리 검토해야 했고, 만약에 맞지 않는 행사라면 내 보내지 말든가, 어쩔 수 없이 출연해야 했다면 미리 준비를 했어 야지. 하지만 그걸 떠나서 '아니, 이런 것도 모른단 말야?' 하고 속으로 쓴웃음을 지을 수밖에 없었어.

청소년들이 꿈꾸는 미래 직업 1순위가 판검사, 의사가 아니라 연예인, 방송인이 된 지는 꽤 오래됐지. 이젠 그 열기가 좀 식었다고는 하지만 지상파, 케이블 TV의 오디션 프로그램에는 적게는 수만에서 수십 만의 응모자가 몰려. 〈슈퍼스타 K〉가 한창일 때는 온라인 예심에만 200만 명이 응모했었다고 하더라고. 고등학생, 중학생, 아니 초등학생이더라도 재능이 있다는 판단이 들면 바로 프로 준비를 하는 경우가 많지. 요즘은 부모님들도 연예인이 되는 게 '허황된 꿈'이 아니라는 걸 아니까. 그런데 이 흐름 속에서 학업, 즉 공부에 충실하기는 어려울 거야. 이해해. 난 이해할 수 있어. 꿈을 향해서 앞으로 나아간다는데 학교 공부가 대수야? 살면서 언제 써먹을지 모르는 수학 공식이나 영어 단어 외우는 것보다 지금 당장 나에게 필요한 걸 배우는 게 더 중요하다고 생각할 수 있겠지.

학교 공부, 나도 싫어했어. 그냥 꾸역꾸역 도시락만 들고 왔다 갔다 했다고 해도 과언이 아닐 거야. 나란 사람과 공부와의 접점은 앞으로도 없을 것 같았고 그저 높은 점수를 받아서 좋은 대학교에 간다면 돈을 좀 더 벌 수 있지 않을까 하는 막연한 생각만 했을 뿐이었어. 개그맨 박명수가 이런 말을 했잖아. "공부 안 하면 추운 날 추운 데서 일하고, 더운 날 더운 데서 일하게 된다."고. 나도 딱 그 정도 수준의 이해만 있었지.

그런데 말이지, 정말 이상하게도, 신기하게도, 나는 4년제 공대를 졸업하고 다시 사이버 대학교에서 경영학을 공부했어. 그

리고 지금은 대학원에서 MBA 과정을 밟고 있어. 게다가 일본어
는 히라가나도 몰랐는데 일본어 책을 낼 정도가 되었지. 약 10여
년 동안 어떤 변화가 있었기에 공부라면 진저리를 쳤던 내가 이
렇게 변했을까.

　난 모터사이클, 그러니까 오토바이를 굉장히 좋아해. 내가 살
던 고향 집은 시장 한복판에 있었고, 집 바로 앞에는 제법 큰 극
장과 소극장이 있었어. 내가 중학교 때였을 거야. 좌석이 50개
남짓한 작은 소극장에서 이미 국내에서 개봉하고도 몇 년이 지
난 영화 〈탑 건〉을 봤어. 파릇파릇한 이십 대의 톰 크루즈가 미
해군 전투기 조종사로 나오는 영화였지. 이 영화 한 편으로 할리
우드 풋내기였던 톰 크루즈는 일약 슈퍼스타로 발돋움했어. 진
짜 입에서 감탄사가 나오는 멋진 장면들이 많았거든.

　나는 전투기로 하늘을 가르며 전투를 벌이는 장면보다 주인공
이 모터사이클을 타고 질주하는 장면이 계속 눈에 남더라고. 워
낙 시골이다 보니 집에 있던 스쿠터를 가끔 타고 다니기는 했지
만, 뭐 중학생이 그 이상 멋진 '탈 것'을 접해 보기나 했겠어. 그
런데 화면으로 접한 모터사이클, 게다가 할리우드 영화에 등장
하는 장면이니 얼마나 멋있게 보였겠어. 자다가 주인공이 타던
GPZ900을 내가 빼앗아 타는 꿈을 꿀 정도였다니까. 나 같은 '환

자'가 이 영화 때문에 많이 생겼다고 하더라고.

한두 해가 지나서 고등학생이 된 어느 날, 서울 명동에 친구와 놀러 갔어. 중국 대사관 근처에서 일본 책을 전문으로 파는 서점에 우연히 들르게 됐지. 그런데 톰 크루즈가 〈탑 건〉에서 탔던 모터사이클이 떡 하니 표지를 장식하고 있는 잡지가 있는 거야. 일본어도 전혀 모르면서 그 잡지를 샀어. 그래도 신기한 사진들이 많이 있었으니까, 몰랐던 모터사이클이 많이 있으니까 그냥 그림책 보는 심정으로 매달 서울에 가서 그 잡지를 사 오곤 했지. 그러기를 몇 년을 반복했고, 책장에는 읽지도 못하고 뜻도 모르는 일본 모터사이클 잡지 수십 권이 가득 꽂혀 있었지.

또 시간이 흘러 학력고사를 보고 점수에 맞춰서 대학에 진학했어. 부모님이 학비는 대 줄테니 아무 데나 가라고 해서 정말 적성이고 취미고 전혀 생각하지 않고 그냥 갔던 거야. 아무 생각 없이 갔던 대학이니, 학교생활이 뭐 그리 소중했겠어? 1학년을 마치자마자 돈을 벌어야겠다며 휴학계를 냈어. 그리고 식당 종업원, 주차장 관리 등 닥치는 대로 일을 했지. 어느 날 일을 마치고 땀 냄새 쩌는 상태로 방 안에 픽 쓰러졌는데 눈앞에 '일본어 모터사이클 잡지'가 보이는 거야. '이걸 읽을 수 있으면 얼마나 좋을까. 어떤 내용인지 알면 얼마나 재밌을까. 그래, 그럼 일본어를 공부하자. 몇 달 공부하면 이 잡지를 읽을 수 있을 거야.' 〈탑 건〉을 처음 보던 그날처럼 갑자기 가슴이 두근거렸어.

바로 다음 날 서울에서 유명하다는 일본어 학원에 등록을 했어. 처음엔 기초반에서 히라가나, 가타가나를 외웠고 '곤니치와' 기초 회화를 끝냈어. 두세 달이 지나고 속도가 붙기 시작하자 아예 오전반과 저녁반에 모두 등록했지. 아침 7시에 일어나서 고속버스를 타고 서울 남부터미널에 도착한 뒤에 지하철을 두 번 갈아타고 학원에 도착해서 10시부터 12시까지 수업을 들었어. 오전 수업이 끝나면 점심을 먹고 학원 로비로 돌아와서 저녁 수업이 있을 때까지 자습을 하는 거지. 다시 6시부터 8시까지 수업을 들은 후 집에 도착하면 밤 10시가 훌쩍 넘어가는 거야. 학원 선생님들은 처음에 내가 미친 사람인 줄 알았대. 그렇지 않고서야 저렇게 할 리가 없다며.

일본 모터사이클 잡지를 읽기 위해서 시작했던 일본어 공부는 시간이 지나면서 조금씩 어려워졌어. 하지만 그 어려운 단계를 지날 때마다 더 큰 성취감을 안겨 주었어. 두 달째가 되자 띄엄띄엄 글을 읽으면서 일본인 선생님과 대화를 할 수 있었고, 넉 달째엔 일본어 작문을 할 수 있었어. 반년이 지났을 때 어머니가 그러시더라고. "남훈아, 너 어제 술에 취해서 일본어로 주정하더라." 이 말을 들었을 때 갑자기 처음 샀던 일본어 잡지를 읽어 보

고 싶어졌어. 생각해 보니 책장 어딘가 구석에 꽂아 두고 그동안 들여다본 적이 없었거든.

책을 꺼냈는데, 어? 이것 봐라? 일단 표지에 가타가나로 쓰인 '오토바이'라는 글자가 발음으로 귀에 들리고, 뜻으로 머리에 들어오는 거야. 그러니까, 활자로 읽히더라고. 침을 한 번 꿀꺽 삼키고 톰 크루즈가 탔던 GPZ 모델 기사가 있는 페이지를 펼쳤어. 아! 살짝 탄식이 나왔어. 처음 이 페이지를 눈앞에 펼쳐놨을 땐 무슨 고대 악마의 주문이나 부적처럼 도저히 읽을 수가 없었는데, 내가 일본식 한자를 읽고 조사, 동사를 읽고 의미를 파악하고 있는 거야. 잡지의 내용이 아직도 기억이 나.

'이 바이크의 엔진은 기운차다. 특히 7000RPM 로켓처럼 2차 가속을 하면 라이더의 온몸의 피가 역류하는 듯하다.'

지난 수년간 그냥 사진만 보는 그림책일 뿐이었는데, '공부'를 통해서 내가 정말 좋아하는 모터사이클에 대한 '정보'를 머릿속에 넣을 수 있었던 거야. 이때의 짜릿함, 그 쾌감을 달리 표현할 방법이 없어. 정말 끝내줬어. 이렇게 내가 좋아하는 분야를 더 알기 위해서 시간과 노력을 들여서 공부하는 즐거움을 알았고, 이 '프로세스'는 정말 귀중한 도구가 되었어. 회사를 다닐 때도, 나중에 창업을 할 때도 그랬어. 내가 직접 월급을 주는 입장이 되자 전문적인 지식이 필요하다고 느꼈어. 그래서 사이버 대학교 경영학과에 입학했지. 깊이를 더하려고 대학원에도 들어갔어. 정말 신기하지? 그렇게나 공부를 하기 싫어했는데 말이야.

'학교 공부'라는 거, 따분해. 재미없어. 그건 나도 알아. 그런데 학교 공부는 다양한 분야에 대해서 얇게나마 식견을 넓힐 수 있는 흔치 않은 기회야. 각 과목별로 고도의 교육을 통해 수준급의 지식을 갖춘 선생님을 만날 수 있으니까. 이런 분들과 수업을 통해서 직접적인 교류를 한다는 게 얼마나 대단한 일인지 사회에 나와 보면 알게 될 거야. 내가 조선 시대의 장군인 원균을 아는 것, 싸인 코사인을 잘은 모르지만 수학 용어이며 곡선이라는 것을 대충 아는 것, 뉴턴이 누군지 자세히는 모르지만 만유인력 어쩌구가 생각나며, 윤동주 하면 「서시」라는 시 제목이 떠오르는 것. 각 정보의 깊이는 발목 부근에서 찰랑거리지만 대화 중에 대충 이런 단어들이 나오면 고개를 끄떡이며 '아는 척'을 할 수 있는 건 모두 학교 공부가 있었기 때문이야.

다양한 분야에 대한 교양을 쌓지 않은 채 내가 좋아하는 분야 한 가지만 파고들어 공부하게 되면, 협소한 시각을 가진 사람이 되고 말아. 요즘 융복합이 중요하다는 말들을 많이 하잖아. 융복합을 제대로 하려면 결국 다양한 분야의 지식을 기초적인 수준에서라도 익혀 두어야 한다고.

또한 학교 공부는 그 자체가 하나의 훈련이야. 어떤 훈련이냐 하면, 바로 '공부하는 방법'에 대한 훈련이지. 내가 나중에 일본어를 공부할 수 있었던 것도 따지고 보면 학교 공부 덕이야. 선생님은 특정 주제에 대해서 정해진 시간 내에 진도를 나아가야 해. 나는 그걸 따라가기 위해서 예습을 하고 수업 시간에 집중을 하고 나중에 복습을 하지. 물론 이걸 모두 제대로 하는 경우는 손에 꼽을 정도로 적었지만 아주 가끔은 나도 열심히 하는 척이라도 했었어. 학교에 다니는 10년 동안 이런 공부 방법이 내 속에 알게 모르게 스며들어 있던 거고, 정말 내가 하고 싶은 공부를 하게 되었을 때 폭발적으로 효율이 증가했던 거지.

아마 이렇게까지 이야기해도 너희는 "에이, 그래도 학교 공부 싫어요."라고 하겠지. 맞아, 나도 싫은 거 다 이해해. 원래 공부라는 건 자기 자신을 위해서 하는 거야. 자기 자신이란 건 타인이 보는 자기 자신이 아니라 진짜 자기 자신이지. 내가 내 삶을 살아가는 데 있어서 어떤 태도와 자세로 임해야 하는지 알아보는 것이 공부의 궁극적인 목표야. 하지만 우린 '더운 날 시원한 데서 일하고, 추운 날 따뜻한 데서 일하기' 위한 도구로 공부를 대하다 보니, 공부의 원래 의미가 변질되어 버리고 말았어. 초등학교는 중학교에 가기 위한, 중학교는 고등학교에 가기 위한, 고등학교는 대학교에 가기 위한, 그리고 대학교는 '좋은 직장'에 들어가기 위한 곳이 되어 버리고 말았지.

이건 너희의 잘못이 아니라 나를 포함한 어른들의 잘못이야. 그래서 미안한 마음이 가득해. 그래도 최소한 고등학교 때까지는 학교 공부를 가까이했으면 해. 너무 열심히 하란 말은 안 할게. 자기 관심 범위 바깥에도 눈을 돌리며 배경지식을 풍부히 하고, 학교 공부를 통해 공부하는 방법에 대한 훈련을 계속하면, 분명 인생에 큰 도움이 될 거야. 정말 자기가 하고 싶은 일, 정말 자기 꿈을 향해서 나아갈 때 엄청난 추진력을 제공할 거야. 그 시기는 꼭 올 테니까 믿고 기다려 주지 않을래?

12

소년과 TV

기준을 정하자.
텔레비전이 제공하는 청량감 있는 재미나
말끔한 대리 만족과 조금만 거리를 두자는 거야.
지치고 투박하더라도 진짜 현실 세계에서 도전을 해 보자고.

내 직업 중 하나는 '방송인'이야. 라디오, 텔레비전이란 매체를 이용해서 격투기, 프로레슬링 같은 시합 해설을 하기도 하고 가끔은 시사 프로그램에 패널로 출연하기도 해. 2011년 즈음에는 고발 프로그램 진행자를 맡기도 했었지. 난 아직도 텔레비전에 내가 나오는 것이, 주민증을 맡기고 출입증을 받아서 방송국 스튜디오 안으로 들어가는 것이 신기할 때가 있어.

내가 '국민학교'에 다닐 때만 하더라도 텔레비전 채널은 KBS, MBC, EBS 정도밖에 없었어. 그나마 에너지 절약 때문에 낮 12시부터 오후 5시까지와 밤 12시부터 새벽 6시까지는 아예 방송이 없었어. 농담이 아니야. 말 그대로 '방송'이 나오지 않았다고. 텔레비전을 켜도 지지직거리는 노이즈만 나올 뿐이었어. 그때는 어쩌다가 텔레비전에 나오기라도 하면 난리가 나는 거야. 지방 5일장을 취재하기 위해서 방송국 차량이 왔다가 지나가는 동네 사람 인터뷰를 따서 방송으로 내보내면, 그 사람 집에선 막걸리 파티가 열리는 거지. 방송 채널이 몇 개밖에 되지 않으니까 잠깐

이라도 텔레비전 화면에 얼굴이 나오면 사돈의 팔촌한테까지 전화가 오고 당사자는 한동안 동네에서 유명 인사 대접을 받았어.

지금은 방송 채널이 최소 20개에서 300개 정도 될 거야. 이처럼 방송 채널도 넓고 경쟁이 치열하니까 정말 수준 높은 프로그램들이 많아졌어. 전 세계를 휩쓰는 한류 붐이 그냥 나온 게 아니라니까. 방송 채널이 3개이던 시절이 한적한 지방도로 외곽에 있는 정말 장사를 하는 건지 알 수 없는 구멍가게끼리의 경쟁이었다면, 지금은 한 번 들어가면 길 잃을 각오까지 해야 하는 으리으리한 대형 아울렛끼리 붙는 거야. 그래서 요즘 텔레비전 프로그램들이 재밌는 게 많아. 치열하게 경쟁을 하니까 더 수준 높은 프로그램들이 나오는 거겠지.

132

방송으로 돈을 버는 입장에서 '누워서 침 뱉기' 같아서 좀 저어하긴 하지만 '텔레비전은 너무 재미있기 때문에' 위험해. 확실히 아주 위험해. 우선 시간을 너무 잡아먹어. 라디오나 음악을 듣는 것과는 달리 텔레비전을 시청하는 것은(스마트폰으로 보는 것 포함) 다른 행동에 제약을 줄 수밖에 없어. 책을 읽거나 생각을 떠올려 메모를 하거나 하는 등의 행위를 할 수가 없잖아. 오직 화면만 보고 있어야 하니까.

'시간이 부족해.'라는 말을 누구나 입에 달고 살지. 1년 365일중에 일요일은 대략 52일이고 공휴일까지 포함하면 대략 66일이야. 토요일을 더하면 더 많아지겠지? 인기 좋은 예능 프로그램은 주말에 집중되어 있어. 학원이나 독서실에 갈 수도 있겠지만 집에 있다면 가장 온전한 휴식을 취할 수 있는 시간에 텔레비전을 보는 거야. 모든 시간에 가치를 두고 우선순위를 정할 수는 없겠지만, 너무 아쉽지 않아? 내가 오롯하게 쓸 수 있는 얼마 안되는 시간이잖아. 그리고 학생 때 주말을 이렇게 보내는 버릇이 생기면 성인이 된 후에도 마찬가지일 수 있다고.

두 가지를 더 말하고 싶어. 대부분의 예능, 개그 프로그램은 모험을 하지 않아. 여기서 모험을 하지 않는다는 것은 아주 안전한 방법으로 재미를 추구한다는 거지. 그러다 보니 여성의 외모 평가, 장애인(바보) 비하, 가난의 희화화 같은 방식으로 손쉽게 웃음을 추구해. 웃고 즐기는 사이에 나도 모르게 무뎌진 인권 감수성을 장착하게 되는 거지. 단지 남성이 원하는 기준을 충족하지 못하는 여성이어서, 말이 어눌하거나 행동이 재빠르지 못하다고, 돈이 없다는 이유만으로 웃음의 대상이 되고 어떤 이들은 스스로 이런 점을 전면으로 내세우면서 자기 비하로 시청자들을 만족시키려고 하기도 해. 그러다 보면 현실 세계에서 이런저런 기준으로 나보다 약한 사람들을 설정하고 그 사람들을 상대로 갑질을 하게 될 수도 있어. 난 그래서 그 어떤 범죄 영화보다 개그 프로그램이 청소년들에게 위험할 수 있다고 지속적으로 발언해 왔어. 생각해 봐. 차별과 비하에 대한 감수성이 무뎌진 채 아무 생각 없이 말하고 행동하는 사이에 자기도 모르게 '악당'이 될 수도 있는 거야. 이거, 정말 끔찍하지 않아?

그리고 마지막으로 '지나친 대리 만족'에 대해 이야기하고 싶어. 요즘 인기를 끌고 있는 리얼리티 예능은 어찌 보면 아주 단순해. 술래잡기, 여행 가기, 밥해 먹기 등등. '아니, 이런 걸로 프로그램까지 만들어야 하는 거야?' 하는 생각이 들 정도야.

이건 우리 현실이 진짜 힘들기 때문이야. 너무 힘들다 보니 집에서 밥을 해 먹기도 쉽지 않고, 친구들과의 여행은 꿈도 못 꿔. 그래서 직접 몸을 움직여서 어떤 행동을 취하는 대신 텔레비전을 보면서 대리 만족을 하는 거야. 결과적으로 편의점 도시락을 먹으면서 각종 정성스러운 재료가 풍성하게 들어간 요리 프로그램을 보는 걸로 만족하는 거지.

그런데 말이야, 나는 이렇게 말하고 싶어. 놀고 싶으면 나가서 놀아. 맛난 밥 먹고 싶으면 직접 해 먹어. 화면 속 연예인들이 이룬 성취와 결과물을 자신의 것으로 착각하지 말자고. 그리고 그건 연예인들의 순수한 노력이 아닐 수도 있어. 예능 프로그램 야외 촬영장에 가 보면 제작진만 수십 명이야. 제작진을 관광버스

134

한 대 가득 채워서 이동하거든. 현장에선 방송 작가들이 스케치북에 쉴 새 없이 메모를 해 가며 흐름을 조절하고, 최소 6대의 카메라로 동시에 찍어서 가장 좋은, 멋진 장면만 편집해 내보내는 거야. 물론 '좋은 프로그램'을 만들기 위한 노력은 칭찬받아 마땅하지만 약 50분 안에 축약된 영상 속 결과물은 거대 자본과 인력이 투여된 결과물이야. 오직 시청자를 텔레비전 앞에 오랫동안 앉혀 놓아서 광고 수익을 얻기 위한.

기준을 정하자. 정말 보고 싶은 드라마, 스포츠 경기가 있다면 봐야겠지. 보고 싶은 건 꼭 보지만 리모컨이나 스마트폰을 계속 붙잡고 있지는 말자고. 텔레비전이 제공하는 청량감 있는 재미나 말끔한 대리 만족과 조금만 거리를 두자는 거야.

지치고 투박하더라도 진짜 현실 세계에서 도전을 해 보자고. 내 머리를 직접 사용하고, 내 몸으로 직접 얻는 성취감을 '소년이었던 시절'에 조금이라도 더 많이 획득해야 해. 사람을 살아가게끔, 아니 버티게 하는 힘은 바로 그 마이크로 SD 메모리보다 더 작은, 몇 안 되는 성취의 기억이거든.

13

소년의 최선

문자를 수십 번 아니 백 번 가까이 읽고 또 읽으면서
내가 어떤 사람이 되어야 하는지 스스로에게 묻고 답했어.
그리고 다짐했어. 앞으로도 나는, 내 삶의 동력을 얻기 위해,
방향을 찾기 위해 '최선'을 다하겠다고.

"앞으로 어떻게 살아갈지, 내 미래는 내 앞날은 어떻게 될지 궁금하고 걱정되었는데 강사님 강연 덕분에 희망을 찾은 것 같습니다. 저도 다른 사람에게 따뜻한 이야기를 해 줄 수 있는 사람이 되고 싶습니다."

제주공항을 출발해 김포공항을 거쳐 서울로 들어가는 버스 안에서 받은 문자 메시지의 한 부분이야. 내 강연을 들은 학생이 담임 선생님에게 이런 내용의 문자를 보냈고 선생님이 다시 나에게 전해 주신 것이지. 초청 강연에서 이런 반응은 처음이라며 선생님이 아주 기뻐하시더라고. 솔직히 이날 난 기분이 굉장히 좋지 않았어. 너무 분하고 억울해서 가슴이 쿵쾅쿵쾅 뛰는 소리가 귓가에 들릴 정도였거든. 그런데 이 문자로 분한 마음이 눈 녹듯 사라졌어. 그날 어떤 일이 있었는지 이야기해 줄게.

강사들이 가장 까다로운 청중으로 기피하는 대상은 바로 남자 중고등학생들이야. 호르몬과 호기심이 불규칙 난수로 교차하는 소년들을 상대로 2시간 동안 혼자 서서 이야기한다는 것은, 폭설이 내린 날 출근 시간에 사람들로 빽빽한 교대역 계단으로 내려서는 것처럼 답답함과 부담감을 잔뜩 느낄 수밖에 없는 일이지. 그런데 그날 나의 괴로움은 소년들 때문이 아니었어. 제주도의 한 고등학교 학생들은 비가 오는 궂은 날씨임에도 불구하고 교실에서 강당까지 질서정연하게 움직여 주었고 내 강의는 댄스 뮤지션의 공연 다음 순서였기에 분위기가 가라앉을 수밖에 없음에도 불구하고 내 말에 적극적으로 호응해 줬거든. 무척 고마운 마음이 들었지.

그런데 시간이 지날수록 불안해졌어. 원래 예정대로라면 벌써 내 순서가 끝났어야 했어. 내 다음 순서로 유명 연예인 K 씨의 강연이 이어져야 하는데 이 사람이 늦잠을 자는 바람에 비행기를 놓쳐 버리고 만 거야. 나는 강연이 끝난 뒤 3킬로미터 떨어진 IT 업체로 이동해서 다음 강연을 해야 하는데, 연예인 K 씨 때문에 모든 일정이 꼬이고 만 거지. 대기업 후원으로 펼쳐지는 행사에서 핵심은 바로 '연예인'이잖아. 모든 행사 스케줄은 그를 위해서 짜 맞추어졌어. 행사 시작 시각은 물론 내 강연 시간까지도 말이지. 사전 조율 과정에서도 바쁜 그의 일정 때문에 몇 번이나 시간 변경이 이루어졌지. 내 강연 후에 바로 그가 등장해 대미를 장식하는 것으로 행사가 끝나게 되어 있었어. 그런데 그가 행사장에 나타나지 않으니 차를 타고 다음 강연장으로 이동해야 할 시간임에도 불구하고 나는 학생들 앞에서 계속 마이크를 붙잡고 있게 된 거야.

뒷주머니에 넣어둔 핸드폰이 진동 때문에 우웅우웅 울부짖듯 떨리는데 정말 내 마음 같더라. 아마 다음 강연장에서 나를 기다리고 있을 업체 측 담당자도 그러했겠지. 그래도 어쩌겠어. 이미 시작한 강연은 제대로 끝을 봐야지. 내 마음은 장조림을 만들다가 바싹 타 버린 냄비처럼 그을음이 가득했지. 그렇게 이제나저제나 잔뜩 마음을 졸인 후에야 K 씨가 도착했다는 소식이 들려와 강연장을 나올 수 있었어. 주차장으로 가는데 K 씨의 모습이 보이더군. 나는 시선을 K 씨에게 둘 새도 없이 냅다 뛰었어.

그때부터 어떻게 시간이 지나갔는지 모르겠어. 곰플레이어로 4배속 재생한 것처럼 시간이 지나가더라고. 기업체 강연장으로 정신없이 뛰어들어 갔는데 담당자는 문 앞에서 싸늘한 시선으로 나를 쳐다보고 있었어. 프로레슬링 경기장에서 키가 2미터에 체중이 160킬로그램에 육박하는 거구들과 싸우면서도 한 번도

'쫄' 적이 없는데 그날은 쫄게 되더라고. 원래 있어야 할 청중 가운데 2/3 이상이 빠져나간 강연장은 싸늘한 냉기로 가득 차 있었어. 그 냉랭함은 겨울비 때문만이 아니었지. 원래 1시간짜리 강연이었는데 K 씨 지각 사태의 연쇄 파동으로 고작 15분 남짓 밖에 남지 않은 상황이 되어 버리고 만 거야. 소년들도 잘 알겠지만 학교에서 제일 즐거운 시간은 점심시간이잖아. 직장인들도 마찬가지야. 직장인 최고의 도락이라고 할 수 있는 먹는 즐거움을 포기하고 점심시간을 이용해 샌드위치를 들고 오신 분들 앞에서 차마 고개를 들 수가 없더라고.

강연이 끝날 때까지 '죄송합니다.'를 연발하고 공항으로 차를 몰고 가는데 그날의 강연을 위해서 쏟아부은 시간과 노력이 떠오르면서 눈물이 다 쏟아졌어. 당일 아침 일찍 비행기를 타고 가도 되지만 혹시 모를 연착에 대비해 전날 밤에 제주도에 왔었고, 행사 당일에도 새벽부터 일어나 준비를 했지. 그날의 첫 번째 청중은 수능을 끝낸 고3이라서 우리에 갇혀 있다가 뛰쳐나와 세렝게티 초원으로 귀환한 사자들처럼 날뛸 것이 분명하니 철저히 준비를 하지 못한다면 내가 잡아먹힐 수도 있다고 생각했거든. 겨울비도 추적추적 내리는데 차까지 렌트했었어. 다음 강연이 있는 곳까지 가까운 거리지만 택시가 잡히지 않는 만일의 사태까지 대비한 거야. 이렇게 나름대로는 최선을 다해 만반의 준비를 갖췄다고 생각했는데, 전혀 예상하지 못한 곳에서 일어난 일로 내 노력과는 관계없이 약속을 지키지 못하게 된 거지.

솔직하게 말할게. 나는 '보람'으로 사는 사람이 아니야. 나는 '돈'으로 사는 사람이야. 길거리에서 우는 것보단 고급 차 타고 우는 것이 100배 낫다고 생각하는 사람이 바로 나야. 내가 하는 모든 일은 돈을 벌기 위한 것들인데 아이러니하게도 프로레슬링만 경제적인 수단으로써는 가치가 없기에 이 일로 돈을 버는 건 일찍이 포기했어. 아마 소년들이 한 경기당 얼마를 받고 링으로 올라가는지 안다면 고개를 절레절레 흔들 거야. 그럴 수가 있냐고.

나는 사랑과 우정이 이 세상 최고의 가치라고 믿어. 그리고 사랑과 우정이 없는 관계에선 '돈'을 최고의 가치로 생각해. 그래서 나는 최고의 가치를 위해서 나름 최선의 노력을 다해. 일단 강연료와 일정이 합의되면 그때부턴 지역이나 금액에 관계없이 최상의 퀄리티를 위해 만반의 준비를 다한다고.

난 강연을 하러 갈 때 일부러 USB 대신 노트북을 들고 다녀. 강연을 듣는 청중들의 연령, 지적 수준, 살고 있는 지역 등등이 모두 다른데 항상 똑같은 자료로 강연을 한다는 것은 말도 안 된다고 생각하기에 조금씩이라도 그 날의 청중들에게 더 가 닿을 수 있는 내용들로 정리를 하는 거야. 정 바꿀 게 없으면 파워포 인트 슬라이드 순서라도 바꿔 보자는 생각으로 말이지. 이런 준 비를 한 다음 한 시간 전쯤 도착해서 강연 장소를 미리 확인하 고 입장 동선을 생각하며 약간의 소도구도 준비해. 청중들을 즐 겁게 하는 것도 중요하니까. '악당 프로레슬러'답게 철제 의자를 휘두르며 등장하기도 해.

지방이라 강의 시간 맞추기가 여의치 않으면 아예 전날 그 지 역으로 가서 숙소에서 하룻밤을 묵기도 해. 숙박 요금이 부담스 럽지만 시간을 철저하게 지키기 위함이고 덕분에 지난 수년간 단 한 번도 지각 사태 따위는 일어난 적이 없었어. 그런데 드디 어 내 인생 최초로, 그것도 내 의지나 노력과는 상관없이 강연에 지각하는 일이 벌어진 거야. 그러니 눈물이 났겠지. 그것도 콸콸.

나에게 '돈', 즉 물질적 보상이 자동차 엔진처럼 구동력을 전 달한다면 '보람'은 핸들처럼 방향을 설정해 주는 소중한 가치야. 엔진이 없다면 차는 굴러가지 않을 것이고 핸들이 없다면 본인 은 물론 타인의 안전도 해치는 위험한 쇳덩어리로 변할 거야. 구 동력과 방향을 같이 생각하는 삶. 그날 강연이 끝난 후 선생님이 보내 주신 문자를 다시 읽으며 그런 삶을 다시 한번 다짐해 봤 어. 내 이야기가 어떤 이에게 도움이 되었구나. 그 어깨에 올려진 인생의 무게에서 단 몇 그램이라도 내가 덜어 줄 수 있었구나. 지각 사태로 날아가 버린 사람과의 신뢰 그리고 강연료 때문에 속이 쓰리고 쓰렸지만 버스 안에서 문자를 수십 번 아니 백 번 가까이 읽고 또 읽으면서 내가 어떤 사람이 되어야 하는지 스스로에게 묻고 답했어. 그리고 다짐했어. 앞으로도 나는, 내 삶의 동력을 얻기 위해, 방향을 찾기 위해 '최선'을 다하겠다고.

　소년들을 상대로 강연을 끝내고 이런저런 이야기를 나누다 보면 미래의 꿈에 대해서 들을 때가 있는데 대부분 '직업'에 대해서만 이야기하더라고. 그 직업을 정말로 갖게 되었을 때 어떻게 보람을 찾을 것인지 핸들을 어떻게 조작할 것인지 잘은 모르겠지만 아주 조금씩이라도 생각해 보자고. 돈이란 것은 엔진이란 것은 그 자체가 요상한 힘을 갖고 있어서 출력이 올라가면 올라갈수록 만족하지 않고 더 큰 출력을 원하게 만들거든. 텔레비전 뉴스, 신문에 나오는 '악당들'도 그 엔진의 출력에 취해서 자기 자신을 잃어버렸던 거야. 나도 자칫 그럴 뻔했는데 제주도에서 보내 준 문자 덕분에 다시 한번 정신을 차릴 수 있었던 거지. 소년들도 미리부터 준비하자꾸나. 언젠가 완벽하게 자기 자신의 핸들을 잡을 날을 위해서.

소년과 직업

통장 잔고라는 경제적 상황과 행복이라는 정신적 만족감이
항상 일치하는 것은 아니야.
사람의 인생이란 게 레고 블록처럼 귀퉁이가 딱딱 맞아 떨어지지 않거든.
이런 부정합성이 인생을 의미 있게 만들기도 해.

'직업.' 쉽게 말해서 돈을 벌기 위해서 하는 일을 말하지. 아마 지금 어떤 경제적 행위를 하는 소년들도 있겠지만 직업이라기보다는 말 그대로 잠깐 짬을 내서 아르바이트를 하는 경우가 대부분일 거야. 하지만 학교를 졸업하고 일정한 나이에 다다르면 직업을 가져야 해. 직업이 있어야 자기 삶을 꾸려 나갈 수도 있고, 사회생활을 통해 사람들도 만날 수 있거든.

혹시 소년은 꿈이 뭐야? 가수나 배우 같은 연예인? 아니면 소설가? 또는 삼성전자 직원? 만약 내가 꿈이 뭐냐고 물었을 때 직업을 머릿속에 떠올렸다면, 다시 한번 생각해 보는 것이 좋아. 꿈이란 것은 하나의 생명이 이 세상에 태어나 죽을 때까지 이루어야 하는 목표이고 가치야. 어떤 때는 죽고난 후에도 그 꿈이 다른 사람들이나 단체, 국가를 통해서 전해지기도 해. 안중근, 윤봉길 같은 분들의 꿈은 조국의 독립이었고, 그 의지는 지금까지도 계속 전해지고 있지. 혹시 꿈과 직업을 혼동할까 봐 이렇게 먼저 이야기를 풀어 봤어.

'직업에는 귀천이 없다.'라는 말을 들어 본 적이 있지? 정말 그럴까? 다른 사람에게 피해를 주는 게 아니라면 분명 직업에는 귀천이 없어. 그런데 직업마다 벌 수 있는 소득이 다르고, 그 소득의 차이가 귀하고 천한 신분을 만들어. 물론 더 버는 쪽이 귀한 대접을 받지. 즉, 직업에는 귀천이 없다고 볼 수도 있고, 있다고 볼 수도 있어. 내가 서울에 올라와서 택했던 두 번째 직업은 주차장 관리원, 쉽게 말해서 '빼박이'였어. 시내에 있는 주차장은 공간이 워낙 좁고 작아서 자동차를 주차할 때 나갈 수 있는 공간까지 확보하는 것이 불가능해. 그래서 일단 차곡차곡 주차해 놓고 나중에 마치 퍼즐을 맞추듯이 이리 빼고 저리 넣고 하면서 손님 차가 나올 수 있도록 관리하는 거야.

그때 내 시급이 아마 3,000원 정도였을 거야. 하루 10시간 일해서 30,000원을 벌었어. 점심은 사장 친구네 백반집에서 할인가 2,000원을 내고 먹을 수 있었어. 인근에 유명한 맛집이 많아서 나이 좀 먹은 중년들이 고급 차를 타고 오는 경우가 잦았는데, 상당수는 매우 점잖았지만 몇몇은 그렇지 않았어. 그 불쾌했던 기억이 떠오르는 것만으로도 짜증이 올라오니까 자세한 이야기는 생략할게. 그 아저씨들은 내가 어리고 돈을 못 버는 사람임을 알기에 충분히 안심하고 무시할 수 있었던 거야. '안심'이란 부분이 중요한데 내가 이렇게 생각하게 된 데에는 나름의 근거가 있어.

어느 날 나랑 몇 살 차이 안 나는 젊은 사람이 척 봐도 아주 비싸 보이는 외제 차를 갖고 와서 주차를 하다가 나를 안심하고 무시했던 '싸가지 중년'과 시비가 붙은 거야. 그런데 대화의 톤이 다르더라고. 나한테 함부로 했던 것과 달리 젊은 외제 차 주인의 이야기를 들은 뒤에 자기 입장을 이야기하고(그래 봤자 '내가 더 바쁘다.' 정도이지만), 서로 삿대질까지는 가지 않는 수준에서 정리가 되더라고. 그 차이가 뭐였을까? 집으로 오는 버스 안에서 생각해 봤어. 주차장 빼박이였던 나는 그 중년 남성의 입장에선 같은 사람으로 안 보였던 거야. 하지만 외제 차 주인은 일단 사람으로 보였던 거지. 어쩌면 자기가 탄 것보다 더 비싼 차를 모는 더 힘센 사람으로 말이야. 반면에 시급 3,000원의 직업을 가진 사람은 무시해도 되는 존재로, 그러니까 천하다고 생각한 거야.

비슷한 경험은 또 있어. 내가 '세기말' 1999년 즈음해서 MBC에서 라디오 디제이를 맡았던 적이 있어. 아마 소년들에게 라디오는 별로 크게 다가오지 않는 매체일거라는 생각이 들어. 하지만 내가 중고등학생 때만 하더라도 심야 시간에 라디오를 들으며 잠을 청하거나 내가 보낸 사연이 소개되었다고 친구들에게 짜장면을 쏠 정도로 대단한 인기였어.

아무튼 내가 진행자가 되자 여러 곳에서 연락이 왔어. 가장 먼저 연락이 온 곳은 깐깐하게 심사를 해서 아주 특별한 사람들에게만 한도 무제한의 카드를 발급한다고 소문난 어느 신용카드 회사였어. 전화 상담원의 목소리를 들었을 때 나도 모르게 헛웃음이 나오더라. 방송 일을 하기 전에 생긴 지 얼마 안 된 인터넷 신문사에 다니고 있었는데 호기심에 시험 삼아 이 카드사에 신청을 넣었다가 '아쉽게도 저희가 파악한 고객님의 신용 상태로는 회원으로 모실 수 없음을 알려드립니다.'라고 궁서체로 인쇄된 편지를 받은 적이 있거든. 그랬던 곳에서 라디오 디제이로 여기저기서 내 이름이 나오자 카드 필요하지 않느냐고 먼저 연락을 했던 거야. 카드사 입장에선 언제 망할지 모르는 인터넷 신문사에 다니는 김남훈과 MBC 방송국에서 일하는 김남훈은 아예 다른 사람이었던 거지. '직업발'이란 게 이렇게 무서운 거야. 심지어 결혼 중개업소에서도 VIP 회원으로 등록하라고 전화가 왔었다니까.

"역시 좋은 직업을 가지면 되겠네요. 역시 선생님 말이 맞아요." 이렇게 이야기하는 소년들의 목소리가 들리는 것 같네. 자, 그럼 '좋은 직업'으로 초점을 맞춰 보자고. 좋은 직업이라고 하면 흔히 말하는 고소득 전문직을 가리키지. 의사, 변호사 같은 직종 말이야. 그런데 요즘은 '고소득 전문직'이 정말로 있는지도

의문이야. 유니콘이나 이무기처럼 전설의 존재가 아닐까 하는 생각도 든다고. 내 친구 A는 변호사야. 사법 고시를 패스했을 땐 난리가 났어. 법대에 입학하고 군대도 가기 전에 붙었으니까 동기들 사이에선 이미 '난 놈'으로 분류되었지. 그런데 지금 어떤지 알아? 사무실 월세와 직원들 월급을 밀리지 않을 정도만 벌면서 근근히 살아. 이쪽 분야에도 대형 법률 회사들이 생태계 최고의 포식자 자리에 들어선 지 오래되었기 때문에 자기 혼자 뛰는 변호사는 간신히 생존하는 수준에 머물고 마는 거야. 특히 내 친구는 공부만 했던 타입이라서 영업 쪽에 큰 재주가 있는 것도 아니거든.

　사회에서 알게 된 친구 B는 의사야. 강남역 대로변의 큼직한 건물에 자기 병원도 가지고 있어. 물론 자동차도 외제야. 모임 자리에서도 언제나 호쾌하게 카드를 긁는, 모두가 선망하는 재력을 갖고 있지. 그런데 뚜껑 열어 보면 이 친구도 고민이 많아. 자기 사무실에서 고개를 내밀고 한 바퀴 둘러만 봐도 최소 수십 개의 병원이 보인대. 이렇게 경쟁이 치열하다 보니 살아남기 위해서 온라인 광고, 체험단 모집, 케이블 TV 협찬 등에 비용을 쓰지 않을 수가 없고, 수술비도 계속 낮추다 보니 앞에서 벌고 뒤에서 깨지는 상황이 반복된다는 거야. 요즘 나오는 몇몇 고가의 의료 장비는 구매할 수가 없어서 일단 장비를 대여해서 교통 카

153

소년과 직업

드처럼 금액을 충전시킨 IC 카드로 사용하는데, 이것조차 부담이 돼서 중국에서 불법 복제한 카드를 쓰기도 한대. 그러면 안 되는 거 알지만 도저히 버틸 방법이 없어서 미칠 것 같다고 하소연을 하더라고.

변호사, 의사 그야말로 '사' 자가 붙는 직업은 고소득 전문직의 대명사잖아. '개천에서 용 난다.'라는 말 들어 봤지? 부모님 세대만 하더라도 집안에서 저런 직업을 가진 사람이 한 명이라도 나오면 본인뿐만 아니라 집안 자체를 일으켜 세울 수 있었는데 요즘은 가난한 집에선 가난한 의사, 가난한 변호사가 나와. 그렇지 않으려면 부유한 부모님이 탄탄한 기반을 닦아 주고 그 위에 올라서는 것이 거의 유일한 방법이라고 할 수 있어. 대법관이나 지검장을 지낸 할아버지, 아버지의 인맥을 이용할 수 있는 변호사, 건물을 갖고 있는 아버지 도움으로 유동 인구가 많은 지역에서 임대료 없이 병원을 운영할 수 있는 병원장 등등. 식당 운영도 마찬가지야. 부모로부터 물려받은 건물에서 월세 부담이 없어야 재정적인 부담 없이 좋은 재료를 쓰고 실력 좋은 쉐프를 고용할 수 있겠지.

"잠깐만요, 남훈 아저씨! 무슨 얘긴지 대충 알아듣긴 하겠는데 대기업은요? 그런 데 들어가면 회사 망할 일도 없고 월급도 많이 받으면서 잘살 수 있지 않나요?" 이런 질문을 하고 싶은 소년들도 있겠지?

맞아. 대기업, 좋지. 그런데 대기업은 돈을 많이 주는 만큼 노동 강도와 시간이 어마어마 해. 정말 살인적이지. 그리고 상위 직급까지 갈 수 있는 승진 속도를 예전과 비교할 수 없을 정도로 빠르게 해 놨어. 즉, 열심히 일해서 좋은 업무 평가를 받으면 승진도 빨리 할 수 있다는 거지. 그런데 문제는 30대 후반이나 40대 초반이 되면 엄청난 생존 경쟁에 빠진다는 거야. 거기서 버텨 내면 직장인의 별이라고 할 수 있는 임원 명함을 가질 수 있는 거고 그렇지 못하면 쫓겨나는 거지. '만년 과장.' 이런 거 요즘 우리나라 회사엔 없어. 올라가거나 나가거나야. 정말 잔인한 것은 대략 저 나잇대라면 자녀의 교육비는 늘어나고 집 관련 대출금도 한창 갚아 나가야 할 때라는 거지. 물론 체력이 떨어지면서 건강에 문제가 생기기 시작할 나이이기도 하고.

소년이 학교를 졸업하고 직업을 가진다고 해도 '부모 이상의 재력'을 갖게 될 확률은 매우 낮아. 이건 그냥 하는 소리가 아니야. 소년의 삼촌, 형, 누나들은 단군 이래 부모보다 가난한 첫 번째 세대라 될 거라고 많은 전문가들이 이야기해. 같은 시대를 사는 소년들도 크게 다르지 않을 거야. 너무 겁주는 것처럼 들릴 수도 있겠지만 나는 어디까지나 사실을 이야기하는 거야. 이런 정보들을 바탕으로 소년들이 정말 심사숙고해서 직업에 대해서 다시 한번 생각했으면 하는 거야.

'자기만족'과 '행복', 이 두 가지를 직업 선택의 최우선 가치로 삼아야 해. 그래야만 살아남을 수 있고 즐겁게 살 수 있어. 부모님이나 선생님이 이야기하는 '안정적인 직업'은 참고 정도만 해. 이 세상에 안정적인 직업이란 존재하지 않아. 예를 들어 볼까? 30년 전에 운전기사는 전문직에 보수도 꽤 두둑이 받을 수 있는 직업이었어. 대기업이나 방송국엔 임원들의 차를 운전하는 기사들이 정규직으로 있었지. 그때는 자동 기어, 파워 핸들, ABS 브레이크 같은 것이 없던 시절이라 상당한 수준의 지식과 숙련된 기술이 필요했어. 목적지를 찾아가는 것도 대단한 노동이었지. 네비게이션도 스마트폰도 없던 시절이니까.

그런데 이미 미국에선 테슬라 같은 회사에서 자동 운전 자동차를 내놨어. 긴급 이송, 재난, 전쟁, 레이스 같은 특이한 경우가 아니라면 운전은 노동에서 취미의 영역이 되어 갈 거야. 이처럼 기술의 발달로 기계가 인공 지능을 갖게 됨에 따라 인간의 일자리는 계속 위협받으며 안정적인 직업의 개념 자체가 뿌리째 흔들릴 거야. 그러니 자신이 만족하고 행복할 수 있는 일을 찾아. '아침에 눈을 떠 저녁에 잠자리에 들 때까지 자본주의 사회 속 인간은 죽을 때까지 노동한다.' 이 말처럼 어찌 보면 이 시간이

인생 대부분을 차지하는 거야. 그러니 어떤 직업
을 가지느냐는 인생의 전부를 결정하는 것과
마찬가지야.

　경쟁 수준이 낮아 안정적이며
나이를 먹어도 오랫동안 고
소득을 유지할 수 있는 직
업은 곧 '공룡' 같은 단어가 될
거야. 개념적으로 대충 이해는 되지만 실체는 없고, 과거의 화석
으로만 유추할 수 있는 그런 존재 말이야. 불안정과 불투명한 미
래를 인정해야 해. 그리고 어떤 상황에서도 긍정적으로 대처할
수 있는 능력을 키우자고. 혹시 최소 2배의 돈을 벌 수 있고 2배
이상의 기간을 보장받을 수 있는 곳이 있다면 그곳에서 일을 해.
하지만 그렇지 않다면 지금 당장 행복할 수 있는 일을 찾는 것이
좋을 거야.

　하나 더 이야기하자면, 어떤 일을 직업으로 삼든지 간에 '돈이
안 드는 취미'를 꼭 가지라고 권하고 싶어. 자동차, 모터사이클,
프로야구 등을 즐기려면 돈이 들어. 하지만 잘 찾아보면 돈이 들
지 않는 취미도 있어. 내 취미는 공학과 디자인의 여러 법칙에
의해 빈틈 하나 없이 만들어진 건물을 보는 거야. 특히 개성을
찾아보기 힘든 현대 건축물보다도 예전에 만들어진 낡은 건물

을 감상하는 걸 좋아해. 대구 북성로에 있는 자유당 대구시당 건물이나 공구상가 골목, 또는 이태원 언덕배기에 깊숙이 자리 잡은 70년대 향취가 물씬 나는 연립 주택 같은 거 말이지. 이 취미에는 돈이 안 들어. 기껏해야 교통비 정도인데 지방 같은 경우는 일 때문에 출장 갈 때 짬을 내는 거라서 교통비도 거의 안 든다고 할 수 있지. 이런 것처럼 어떤 직업을 택하든지 간에 지출 없이 즐길 수 있는 취미를 꼭 갖도록 해. 그 자체로도 즐거울 뿐만 아니라 삶의 기반이 흔들리고 나락으로 떨어지려고 할 때 돈 안 드는 취미가 안전벨트 역할을 해 줄 거야.

　소년, 사회에서 어떤 일을 하든 순수하게 네가 버는 돈으로 풍족한 경제생활을 하기는 힘들 거야. 때론 아주 가난할 수도 있어. 하지만 그럼에도 불구하고 행복할 수 있을 거야. 통장 잔고라는 경제적 상황과 행복이라는 정신적 만족감이 항상 일치하는 것은 아니야. 사람의 인생이란 게 레고 블록처럼 귀퉁이가 딱딱 맞아 떨어지지 않거든. 이런 부정합성이 인생을 의미 있게 만들기도 해. 내가 하고 싶은 일, 내가 좋아하는 일, 돈을 많이 버는 일, 하기 싫은 일. 이건 모두 다른 것들처럼 보이지만 몇 발자국 물러서서 생각해 보면 크게 다를 것도 없어. 어떤 일을 하든 간에 내가 흘린 땀으로 사회에 어떤 긍정적 영향을 끼치고 대가를 받는다는 것, 그 노동을 계속한다는 것만으로 충분히 가치 있는 일이야.

　삶이란 누군가가 만든 불확실성 가득한 난수표 같은 거고 그 복잡한 엑셀 표 안엔 '행운'과 '기회'도 분명 있어. 그러니 일단 일하면서 즐기면 돼!

15

소년과 정치

어떤 이들은 '정치가 밥 먹여 주냐'고 비아냥대기도 해.
하지만 나는 이렇게 말하고 싶어.
"그래, 정치가 밥 먹여 줘.
언제, 어디서, 어떤 음식을 먹을지 정해 주기까지 한다고!"

✓ 초, 중, 고 의무 교육 기간 중 학교 급식을 모두 국가 부담으로 한다.

✓ 대중교통 학생 할인을 폐지하려고 한다.

✓ 투표 연령을 현행 19세에서 18세로 낮추려고 한다.

위 내용 중 정치와 관련이 없는 것은 어떤 걸까? 정답부터 이야기하면 '모두 다 정치 그자체이거나 정치와 관련이 있다'야. 학교 급식을 국가 부담으로 하는 일이나 학생 할인을 폐지하는 것 모두 국가 예산과 관련이 있어. 국가 예산은 그 규모가 정해져 있기 때문에 어느 곳에 얼마만큼 예산을 투입할 지에 대해 다투는 것 또한 정치이며 정치 행위야.

163

투표 연령 문제는 최근 정치권에서도 주요한 이슈로 부상했어. 현재 공직 선거법에 따르면 만 19세부터 투표가 가능해. 하지만 군 입대, 공무원 취업, 결혼 등 법적인 책임과 의무는 18세부터 지는데 투표는 할 수 없다는 것은 말이 안 된다는 거지. 투표 연령을 낮추는 것을 반대하는 사람들이 주장하는 근거가 십대 청소년들이 정치권의 선동에 쉽게 넘어갈 수 있기 때문이래. 아니, 요즘 고등학생이 어떤 친구들인데 어른들의 거짓말에 넘어가겠어. 대다수 정치 선진국에서는 아예 정당에 '청소년 위원회'를 만들어서 청소년을 정치에 참여시켜. 정치 교육이 중요하다고 생각하기 때문이지. 우리나라의 사회 제도와 문화는 안타깝게도 학교를 졸업하고 난 후에는 '더 나은 세상을 민들기 위한 배움'을 포기하게 만들어. 이런 배움보다는 먹고사는 문제에 매달려 '더 많은 돈을 버는 법'을 배우라고 부추기지. 그래서 더욱 어렸을 때부터 정치 교육을 받으며 여러 가지 정치적 선택을 경험하고 판단력을 길러야 한다고 봐. 우리나라는 민주주의 국가이고 국가의 주권은 국민에게 있어. 국민에는 당연히 이 책을 손에 들고 있는 소년들도 포함되어 있지.

164

어려운 형편 속에서 어떻게든 살아 보려고 노력했지만 너무 힘들어서 세상을 등진 사람들의 안타까운 사연이 종종 텔레비전에 소개되곤 해. 퇴근 후 임신 중인 아내를 위해 크림빵을 사서 집으로 돌아가던 남편이 음주운전 뺑소니로 목숨을 잃었는데도 가해자는 겨우 징역 3년을 선고받는 불합리한 현실에 화가 나기도 하고. 초대형 사기 사건으로 수많은 사람들을 눈물 흘리게 해

놓고는 정작 재판을 받으러 올  때는 휠체어를 타고 나와 쇼를 하고, 권력과 금력을 동원해서 교도소를 순식간에 빠져나오는 현실 속 악당들도 있어. 방학 때 편의점 아르바이트를 한 학생들이 알바비를 제때 주지 않거나, 떼어 먹는 악덕 사장 때문에 눈물을 흘리기도 해.

　소년들도 국민의 한 사람으로서 우리를 둘러싼 사회에서 일어나는 일들을 접하며 '왜 이런 일이 자꾸 반복되는 걸까? 국가에서 이런 일을 해결해 줄 수는 없을까?' 등등 이런저런 생각을 할 거야. 일한 대가를 받는 것이 왜 이리도 힘든 걸까. 형편이 어려운 사람들에게 국가가 조금 일찍 손을 내밀어 주었다면 세상을 등지는 일은 없지 않았을까. 가해자는 죄의 경중에 따라 제대로 처벌을 받고, 피해자는 국가의 보호를 받을 수는 없을까. 돈이 많고 적음에 상관없이 모든 사람이 법 앞에 평등할 수는 없을까.

165

　있어. 모두 있어. 정치로 해결할 수 있어. 어떤 정당이, 어떤 국회의원이, 어떤 시장이 이런 문제에 관심을 갖고 있는지를 살펴보고 투표를 하면 돼. 그러려면 정치인들이 사회 문제에 대해 어떤 목소리를 내는지, 또 선거에서 공약으로 내세웠던 일들을 당선된 후에는 얼마나 제대로 실현하는지를 평소에도 매의 눈으로 지켜봐야겠지.

아, 그렇다고 정치가 '오직 투표'를 뜻하는 것은 아니야. 정치는 인간이 할 수 있는 아주 고급스러운 커뮤니케이션 기술이기도 해. 우선 내가 어떤 사람이고 이떤 가치관을 갖고 있는지, 삶의 여러 가치 가운데 어떤 것을 가장 우선시하는지 잘 알아야 해. 그래야 다른 사람에게 휘둘리지 않고 내 의견을 이야기할 수 있으니까. 그리고 나와 의견이 같은 사람과 협력하고, 의견이 다른 사람과는 토론, 토의, 논쟁하는 방법도 알아야 해. 나와 생각이 다르다고 무조건 공격하고 배척하는 것이 아니라, 서로 어떤 부분에서 어떻게 다른지를 확인하고 의견을 조율하며 상생하는 길을 찾아야 해. 리얼리티나 버라이어티 프로그램을 보면 출연자들 사이에 어떤 갈등이 발생 할 때 어떤 진지한 논의도 없이 가장 나이가 많은 사람이 '그냥 이렇게 하자.'라고 정하는 게 대부분이야. 모두 좋은 게 좋은 거라고 큰 갈등 없이 마무리 짓는 경우가 많잖아. 하지만 정치는 그렇게 해서는 안 돼. 치열하게 토의하고 논의할 줄 알아야 해. 소년도 이런 능력을 조금이라도 갖출 수 있도록 노력하고, 또 언젠가 소년의 표를 가져갈 정치인도 이런 능력이 있는지 살펴봐야 해.

민주주의는 고장 나기 쉬워. 고급 스포츠카일수록 정비를 자

166

주 해야 해. 고출력 엔진에 정밀한 전자 장비들이 잔뜩 있으니까. 이것들이 모두 이상 없이 작동해야만 빠른 가속, 날카로운 코너링, 안정된 제동을 할 수 있는 거야. 민주주의도 마찬가지야. 사회의 여러 구성원들이 함께 목소리를 내며 만들어 가고, 바꾸고, 유지하는 거야. 이건 국회의원 같은 정치인들 뿐만 아니라 시민의 의무이기도 해.

지금 당장 투표권이 있는 것은 아니지만 조금이라도 세상일에 관심을 가져 봐. 우리 동네 구의원, 시의원, 국회의원은 누구인지도 알아보고 홈페이지도 들어가 봐. 그리고 지역 현안이 무엇인지, 우리 사회 나아가 대한민국이 처한 상황이 어떤지도 살펴 봐. 신문이나 뉴스를 찾아보고, 주변 친구들과 이야기도 나눠 보자. 관심을 더 확장해서 다른 나라에 대한 관심으로 옮겨 가도 좋아. 본질은 모두 같으니까.

어떤 이들은 '정치가 밥 먹여 주냐.'라고 비아냥대기도 해. 하지만 나는 이렇게 말하고 싶어. "그래, 정치가 밥 먹여 줘. 언제, 어디서, 어떤 음식을 먹을지 정해 주기까지 한다고!" 정치는 지금의 소년이 청년이 되고 중년이 되고 노년이 될 미래의 현실까지 바꿀 수 있어. 그러니까 정치에 관심을 갖자. 장담하건대 절대 손해 볼 일은 없을 거야.

허세라서 소년이다

초판 1쇄 펴낸날 2017년 2월 27일
초판 8쇄 펴낸날 2022년 5월 13일

지은이 김남훈
펴낸이 홍지연

편집 고영완 정아름 전희선 조어진
디자인 전나리 박태연 박해연
마케팅 강점원 최은 이희연
경영지원 정상희

펴낸곳 (주)우리학교
출판등록 제313-2009-26호(2009년 1월 5일)
주소 03992 서울시 마포구 동교로23길 32 2층
전화 02-6012-6094
팩스 02-6012-6092
홈페이지 www.woorischool.co.kr
이메일 woorischool@naver.com

ⓒ 김남훈, 2017
ISBN 979-11-87050-24-7 43810